PRÉFACE

Ivan Tourgueniev naît à Orel, au sud de Moscou, le 9 novembre 1818. Sa mère, une femme laide et autoritaire, a hérité d'un riche domaine, ce qui lui vaut d'être courtisée, malgré sa rudesse (elle préfère aux bals mondains la chasse à cheval et le tir au fusil), par tous les hobereaux des environs. C'est un jeune officier de vieille noblesse, aussi avantageux que pauvre, qui obtient sa préférence : le colonel Tourgueniev. Ils ont trois fils. Le colonel dépense l'argent de sa femme, et s'amuse à séduire les filles des serfs au service de son épouse : elle en a plus de cinq mille…

Elle a organisé son domaine comme un royaume dont elle sera la tzarine ; ses domestiques ont rang de « ministres », et elle a organisé une police qui lui dénonce les paysans désobéissants qu'elle fait bastonner, ou envoyer en Sibérie parce qu'ils ne se sont pas découverts devant elle. Le jeune Ivan, qu'horrifie ce despotisme, sera, plus tard, l'un des artisans de l'abolition du servage en Russie. Lui-même est régulièrement fouetté au moindre prétexte. C'est un vieux domestique qui lui apprend le russe, car ses parents parlent français. À 13 ans, lors de vacances familiales, il tombe amoureux d'une jeune fille de 19 ans, et lui fait une cour assidue, jusqu'à ce qu'il s'aperçoive qu'elle est déjà la maîtresse de son père. Il s'en souviendra, dans *Premier Amour*…

À 16 ans, il est à l'université de Saint-Pétersbourg, lorsqu'il apprend la mort de son père, qui le peine peu. Il milite alors dans les cercles étudiants pour l'abolition de l'esclavage, tout en suivant les cours d'histoire donnés par Nicolas Gogol, dont il se voudra, plus tard, en littérature, le disciple et l'admirateur. Autre mentor littéraire, Pouchkine, qu'il rencontre peu avant sa mort, lors d'un duel. La littérature l'attire ; il traduit Shakespeare, place quelques poèmes dans les journaux, à la grande colère de sa mère, qui veut le voir devenir haut fonctionnaire. Il obtient un sursis maternel (et des subsides) en allant poursuivre ses études à Berlin. Il va y rester deux ans, y étudiant le grec, le latin, l'allemand, la philosophie, mais aussi en fréquentant les bals et les théâtres. Sa mère, parce qu'il tarde à lui donner de ses nouvelles, lui envoie un serf (né des amours ancillaires de son défunt père, donc son demi-frère) pour l'espionner et rapporter par lettres tous ses agissements ; lorsque les nouvelles tardent à arriver, les domestiques de la demeure familiale sont davantage fouettés. Ivan, pourtant, ne lui cache rien : ainsi avoue-t-il à sa mère (qui approuve l'intérêt « formateur » de cette liaison pour son fils) son amour pour une femme d'une quarantaine d'années, laquelle meurt peu après. À Berlin, Tourgueniev se lie d'amitié avec un jeune aristocrate à l'éloquence contagieuse : Mikhaïl Bakounine, futur théoricien de l'anarchisme.

Après un voyage en Italie pour oublier sa passion malheureuse, Ivan Tourgueniev revient au domaine familial, et prend pour maîtresse une couturière de sa mère, dont il a une fille, Pélagie, qui naît en 1842. Sa mère, qui ne veut pas être grand-mère dans ces conditions-là, chasse sa couturière… Et Ivan s'éprend de celle qui sera le grand amour de sa vie : la cantatrice Pauline Viardot, venue donner un récital à Saint-Pétersbourg ; son complaisant mari, Paul Viardot, sera le traducteur de Tourgueniev et l'un de ses plus fidèles amis. Ivan ne peut accompagner Pauline dans ses tournées européennes : sur l'insistance de sa mère, il a accepté un poste de fonctionnaire au ministère de l'Intérieur. Il n'y reste qu'un an, avant de démissionner, et de rejoindre, près de Paris, le château des Viardot, à Courtavenel. Sa mère menace de le déshériter, mais il ne cède pas. Lors de la révolution de juin 1848, Bakounine vient le retrouver à Paris ; le révolutionnaire veut, sur les barricades, vérifier ses théories, en prévision de soulèvements à organiser. Mais la révolution n'est pas le premier souci de Tourgueniev car Pauline est aussi à Paris où elle cède à son soupirant qui, depuis cinq ans, lui fait une cour éperdue. Si sa situation sentimentale est au beau fixe, sa situation financière est à la tempête ; sa mère a en effet concrétisé ses menaces : elle a coupé les vivres à ses deux fils (le troisième est mort en 1837), à l'un parce qu'il a démissionné de l'armée, à l'autre parce qu'il préfère la France à la Russie. Elle espère ainsi les faire revenir. Ils reviennent, en 1850, mais pour se porter à son chevet ; gravement malade, mais toujours aussi violente, elle les maudit en menaçant de les déshériter (ce que le notaire chargé d'exécuter ses dernières volontés refusera de faire) ; elle fait jouer un orchestre dans la chambre voisine de la sienne afin que les domestiques n'entendent pas ses râles d'agonie.

Tourgueniev, qui a pris avec lui la petite Pélagie, la confie aux Viardot (qui finiront par l'adopter et la rebaptiser Paulinette) ; lui et son frère se partagent l'immense succession. Il vit fastueusement à Saint-Pétersbourg, mais sans Pauline Viardot, partie chanter sous d'autres lustres. Un article nécrologique qu'il a écrit à la mémoire de Gogol ayant déplu à un censeur, Tourgueniev est emprisonné pendant un mois. Il reçoit néanmoins l'autorisation de publier à Moscou les *Mémoires d'un chasseur* (1852). L'ouvrage, bien qu'il ne soit guère indulgent pour les seigneurs russes dont il dépeint les travers, a un grand succès ; furieux, le tzar Nicolas Ier limoge le censeur qui a donné son imprimatur à l'ouvrage et assigne à résidence Tourgueniev sur ses terres familiales. Il y tue le temps en chassant le gibier. Pauline étant venue chanter à Moscou, il la rejoint sous une fausse identité. Lorsqu'elle repart, le droit de revenir à Saint-Pétersbourg lui est accordé, mais il faudra attendre la fin de la guerre de Crimée pour pouvoir retourner en France, en 1856. Sa fille, qui ne sait plus parler le russe, lui déclame du Racine. Mais il s'ennuie de la Russie, et y retourne, via Londres et Berlin, où il apprend que Pauline Viardot vient de donner naissance à un quatrième enfant. Qui en est le père ? Il revient à Paris pour s'en informer, et reçoit de Pauline un accueil glacial ; l'enfant, prénommé Paul, est officiellement le fils de Louis Viardot, et chacun s'en tiendra hypocritement à cette version.

Retour en Russie où Tourgueniev écrit *Un nid de gentilhomme*, inspiré par la famille Bakounine, puis nouvelle lune de miel, à Paris, en 1859, avec Pauline, jusqu'à ce qu'elle prenne un nouvel amant. En 1861, le tzar Alexandre II abolit le servage ; il aurait pris cette décision après avoir lu les *Mémoires d'un chasseur*. Cette même année, Tourgueniev se brouille avec Tolstoï, qui a critiqué sa façon d'élever sa fille, et avec la presse libérale russe, qui critique *Pères et Fils*. Ulcéré, Tourgueniev part s'installer en Allemagne, à Baden-Baden, dans une maison voisine de celle que les Viardot viennent d'acheter : Pauline s'y est retirée, après avoir décidé d'abandonner la scène.

Son départ de Russie lui évite d'être impliqué dans un procès politique : tous les amis de Bakounine sont soupçonnés de faire de la propagande antirusse en Europe. Les juges lavent Tourgueniev de cette accusation, ce qui lui vaut la vindicte de ses anciens amis libéraux, qui l'accusent, à leur tour, de traîtrise…

Il est en Allemagne quand éclate la guerre franco-prussienne. Guerre qui ruine les Viardot ; il les suit à Paris, où ils achètent un hôtel particulier dans lequel Tourgueniev occupe le dernier étage. Un tuyau acoustique relie son bureau à la chambre de Pauline. Tous les Russes en exil viennent rendre visite au maître, mais aussi les jeunes romanciers français, Alphonse Daudet, Maupassant, Zola.

Il écrit à Flaubert, rend visite à George Sand, à Nohant… Les Viardot déménagent à Bougival ; Tourgueniev se fait bâtir, dans leur parc, un chalet suisse.

En 1880, il retourne à Moscou, où on lui rend hommage en lui demandant d'inaugurer un monument à la gloire de Pouchkine ; sa pièce, *Un Mois à la campagne*, y triomphe. Mais il a 62 ans, craint de mourir en Russie, et d'être enterré dans le caveau familial. Il y revient en France, où il tombe gravement malade en 1882. Il souffre d'un cancer de la moelle épinière. La famille Viardot le veille, l'assiste. Il s'éteint le 22 août 1883, à Bougival. Son corps est ramené à Saint-Pétersbourg, où la foule fait des funérailles grandioses à cet écrivain, l'un des plus purs de la littérature de son pays, qui, en quelques traits, sait peindre une situation, un personnage, une ambiance, et qui, avec tendresse et lucidité, a su peindre « l'âme russe » et la nature qui la nourrit.

I

Dans une chambre nouvellement blanchie de la petite maison seigneuriale du village du Sassovo, gouvernement de Toula, un jeune homme était assis, devant une vieille table boiteuse, sur une étroite chaise à dossier, compulsant des comptes. Il portait un paletot de voyage. Deux bougies brûlaient devant lui sur des flambeaux de nécessaire. Dans un coin gisait une malle ouverte, et dans un autre, un domestique montait un lit en fer. Vêtu de son *armiak*[1] neuf, et les reins serrés par une ceinture rouge, un paysan à large barbe et à figure intelligente se tenait à la porte d'entrée. C'était le *starosta*[2] du village. Il regardait avec beaucoup d'attention le jeune homme assis. Près de la fenêtre, on voyait une ancienne épinette, à côté d'une commode du même âge. Le portrait éraillé d'une femme coiffée en poudre et habillée d'une robe à falbalas était accroché à la cloison en pendant d'une vieille glace *rococo*. À en juger par l'abaissement du plafond et les larges fentes du plancher, la petite maison où nous venons d'introduire le lecteur était construite depuis bien longtemps. Inhabitée d'ordinaire, elle ne servait que de pied-à-terre lors de l'arrivée du seigneur. Le jeune homme dont nous venons de parler était précisément le propriétaire du

1. Habillement d'été.
2. L'ancien, espèce de maire.

village de Sassovo ; il était arrivé la veille de sa terre principale, qui en était distante d'environ cent verstes. Il comptait repartir dès le lendemain, après avoir fait la visite de son domaine, écouté les requêtes de ses paysans et réglé les comptes.

« C'est assez, dit-il brusquement en relevant la tête ; je suis fatigué. Tu peux t'en aller, dit-il au starosta ; reviens demain matin, et fais savoir de bonne heure aux paysans qu'ils aient à se présenter ici. Je veux les voir en assemblée générale. Entends-tu ?

— J'écoute, répondit l'autre.

— Tu n'as pas mal fait, continua le maître en jetant un regard autour de lui, de faire blanchir ces vieilles murailles ; c'est plus propre à présent. »

Le starosta suivit le regard de son maître autour de la chambre, mais ne dit moi.

« Tu peux t'en aller. »

Le starosta fit un profond salut, et s'éloigna.

« Holà ! s'écria le seigneur en étirant ses membres ; donnez-moi du thé, il est temps de dormir. »

Le domestique alla derrière la cloison où l'on entendait bouillir un *samovar*, et revint bientôt, apportant un verre de thé, un paquet de craquelins acheté à la ville et un pot à crème. Le seigneur avait à peine approché le verre de ses lèvres, qu'on entendit un bruit de pas dans la chambre voisine, et qu'un mince filet de voix demanda : « Vladimir Sergeïtch Astakoff y est-il, et peut-on le voir ? »

Astakoff jeta sur son domestique un regard surpris, et lui dit précipitamment à voix basse : « Va savoir qui ce peut être. »

Le domestique sortit, tirant après lui la porte qui s'obstinait à rester ouverte.

« Annonce à Vladimir Sergeïtch, fit entendre la même voix, que son voisin Ipatoff désire lui rendre visite, si cela ne le dérange pas, et qu'un autre voisin, arrivé avec moi, Bodriakoff, désire également lui présenter ses profonds respects. »

Astakoff fit un geste de dépit. Toutefois, quand son domestique rentra dans la chambre, il lui dit d'introduire les visiteurs, et se leva pour aller à leur rencontre. La porte s'ouvrit, et les deux voisins parurent. L'un deux, petit vieillard trapu, à la tête ronde et aux yeux brillants, marchait le premier ; le second, homme d'une trentaine d'années, grand et maigre, avec le teint basané, les cheveux noirs et en désordre, le suivait les bras ballants. Le vieillard portait une redingote grise très propre, avec des boutons en nacre de perle, des pantalons quadrillés à l'écossaise et des guêtres sur ses souliers. Un mouchoir rose, à demi recouvert par le col blanc de sa chemise, entourait son cou. De toute sa personne s'exhalait une impression fraîche et agréable. Son camarade, au contraire, n'avait pas l'extérieur fort séduisant. Il portait un vieil habit noir boutonné jusqu'au menton, et un épais pantalon d'hiver de la même couleur. On ne lui voyait de linge ni au cou ni aux poignets. Le petit vieillard s'approcha le premier d'Astakoff, le salua d'un air affable, et de cette même voix douce et frêle : « J'ai l'honneur, lui dit-il, de me recommander à vous, votre plus proche voisin, et même un peu votre parent, Ipatoff, Mikhaïl Nicolaïtch. J'ai longtemps souhaité le plaisir de faire votre connaissance, et j'espère que je ne vous ai pas causé de dérangement. »

Astakoff répondit que le plaisir était de son côté… qu'il n'y avait eu nul dérangement… et qu'il les priait de s'asseoir pour prendre le thé…

« Et ce gentilhomme, continua le vieillard, après avoir écouté avec un sourire bienveillant les phrases inachevées d'Astakoff, et montrant de la main le monsieur en habit noir, c'est aussi un de vos voisins, un de mes bons amis, Bodriakoff Ivan, Illiitch, qui a toujours eu aussi le plus vif désir de vous connaître. »

Le monsieur au frac, d'après le visage duquel personne n'avait pu supposer qu'il eût vivement désiré quoi que ce fût dans sa vie, tant l'expression en était à la fois distraite et endormie, salua gauchement. Astakoff lui rendit son salut, et pria pour la seconde fois les visiteurs de s'asseoir. Ils prirent place.

« Je suis content, très content de vous voir enfin personnellement, reprit le vieillard en ouvrant les bras, tandis que l'autre regardait le plafond la bouche ouverte. Quoique vous habitiez de préférence un district assez éloigné de nos contrées paisibles, nous vous comptons au nombre de nos principaux seigneurs terriens.

— Cela m'est très flatteur, répondit Astakoff.

— Flatteur ou non, cela est ainsi. Vous devez nous excuser, Vladimir Sergeïtch ; nous sommes ici des gens droits ; nous vivons dans la simplicité ; ce que nous pensons, nous le disons sans détour. Et même les jours de nos fêtes, nous nous faisons des visites en redingote, je vous assure ; c'est l'usage chez nous. Dans les districts voisins, on nous appelle pour cela des *redingotiers*, et l'on nous reproche d'avoir mauvais ton. Mais nous n'y faisons pas la moindre attention. Jugez vous-même, de grâce : vivre à la campagne, et faire des cérémonies !

— Certainement ; que peut-il y avoir de mieux à la campagne que ces manières naturelles ? remarqua Astakoff.

— Et pourtant, repartit le vieillard, dans notre district vivent des hommes d'un esprit extraordinaire, des gens civilisés à l'européenne, bien qu'ils ne portent pas de frac. Par exemple, notre historien Efzukoff, Stépan Stépanitch ; il s'occupe de l'histoire de toutes les Russies depuis les temps les plus reculés ; il est connu même à Saint-Pétersbourg : c'est un homme d'une science profonde. Vous savez, dans notre ville, sur la place publique, on a érigé un boulet suédois. C'est lui qui a découvert que ce boulet était suédois. Zenteller, Anton Carlitch, celui-là s'occupe particulièrement de l'histoire naturelle. On dit que cette science est l'attribut spécial des Allemands. Lorsque, il y a de cela dix ans, on a tué chez nous une hyène qui vaguait, c'est lui, Zenteller, qui a reconnu que c'était effectivement une hyène, grâce à la constitution particulière de sa queue.

Il y a encore Kabourdine, un gentilhomme. Celui-là s'adonne plutôt à la littérature légère. On lit de ses petits articles dans la *Galathée*[1], qui sont du dernier fini. Bodriakoff, pas celui-ci… non, celui-ci néglige les Muses… mais un autre ; Serge… tiens, comment est son nom patronymique ?

— Sergeïtch, prononça avec lenteur le Bodriakoff présent.

— Oui, oui, Sergeïtch. Celui-là écrit des vers. Ce n'est pas un Pouchkine ; mais quelquefois il vous rase son homme à faire envie à la capitale. Connaissez-vous son épigramme contre Aggé-Fomitch ?

— Non ; quel est ce monsieur ? demanda Astakoff.

— Ah ! pardon, j'oubliais que vous n'êtes pas un fidèle habitant de notre pays. C'est notre maître de police. L'épigramme est venue très drôle. Ivan Illiitch, il me semble que tu la sais par cœur ?

— La voici, dit Bodriakoff :

Ce n'est pas en vain qu'Aggé-Fomitch
A été honoré par la confiance de la noblesse…

— Il faut vous dire, interrompit Ipatoff, qu'aux élections il n'a reçu que des boules blanches, parce que c'est un homme tout à fait honorable. Eh bien ! continue.

— Ce n'est pas en vain qu'Aggé-Fomitch
A été honoré par la confiance de la noblesse ;
Il boit et il mange en maître ;
Comment ne serait-il pas maître de police ? »

Le vieillard partit d'un éclat de rire.

« Ce n'est pas mal, hein ? Remarquez : en maître, et maître de police. Depuis ce temps, croiriez-vous que chacun de

1. Journal littéraire, disparu depuis longtemps.

nous ne manque jamais, après avoir dit bonjour à Aggé-Fomitch, d'ajouter le dernier vers :

Comment ne serait-il pas maître de police ?

Et vous croyez qu'Aggé-Fomitch se fâche ? pas le moins du monde. Ce n'est pas de mise chez nous. Demandez plutôt à Bodriakoff. »

Celui-ci, pour toute réponse, leva les yeux au plafond.

« Se fâcher pour une plaisanterie ! comment serait-ce possible ? Mais ce Bodriakoff lui-même, on l'a surnommé chez nous *Âme de poche*, parce que, comme il consent volontiers à tout ce qu'on lui propose, chacun peut le mettre dans sa poche. Eh bien ! croyez-vous qu'il se fâche pour cela ? jamais. »

Bodriakoff promena lentement son regard sur le vieillard d'abord, puis sur Astakoff.

Ce surnom d'*Âme de poche* convenait, en effet, merveilleusement à Bodriakoff. Il n'y avait pas en lui une ombre de volonté et de caractère. Quelqu'un lui disait-il : « Partons », il prenait aussitôt son bonnet ; et si quelque autre, survenant, lui disait : « Restons plutôt », il posait son bonnet. Il était d'un naturel tranquille et doux, mais triste ; resté garçon, il ne pensait pas aux cartes, mais il aimait à se tenir près des joueurs, pour regarder les mines qu'ils faisaient. Il ne pouvait se passer de société, et la solitude lui était insupportable. Seul, il tombait dans une noire mélancolie ; mais cela lui arrivait rarement. Il avait encore une autre manie : chaque matin, en quittant son lit, il fredonnait l'air d'une vieille romance française… *Vous chassez, monsieur, et je pêche.* Cette manie lui avait valu un autre surnom, celui de *Tarin*, parce qu'on sait que cet oiseau ne chante qu'une fois par jour, au lever du soleil. Tel était Ivan Illiitch Bodriakoff.

La conversation continua quelque temps encore entre Ipatoff et Astakoff ; mais elle sortit bientôt des généralités. Le vieillard questionna le jeune homme sur l'état de ses bois, sur les améliorations qu'il se proposait d'introduire, et lui soumit quelques-unes de ses propres observations. S'étant toutefois aperçu que les yeux de son hôte commençaient à se fermer et qu'il répondait avec plus de lenteur, le vieillard se leva, disant qu'il ne voulait plus l'incommoder de sa présence, mais qu'il espérait le recevoir à dîner le lendemain. « Et quant à mon village, ajouta-t-il, je ne dirai pas un petit enfant, mais la première poule ou la première femme venue vous en montrera le chemin. Il n'y a qu'à demander Ipatovka ; les chevaux iront d'eux-mêmes.

— Si rien ne s'y oppose, répondit Astakoff avec son hésitation habituelle.

— Pas de si, interrompit Ipatoff ; nous comptons sur vous. » Et, le repoussant doucement de la main, il sortit en disant : « Pas de cérémonies. »

L'*Âme de poche* Bodriakoff salua en silence, et disparut avec son compagnon, après avoir trébuché sur le seuil. Dès qu'il eut reconduit ses visiteurs inattendus, Astakoff se coucha et s'endormit.

Vladimir Sergeïtch Astakoff était du nombre de ceux qui, après avoir prudemment essayé leurs forces dans deux ou trois carrières diverses, se décident enfin, comme ils disent, à considérer la vie au point de vue pratique, et à consacrer leurs loisirs à l'accroissement de leurs revenus. Il ne manquait pas d'esprit ; il était assez avare, et fort réfléchi. Il aimait la lecture, la société, la musique, mais fort modérément. Sa préoccupation principale était de passer pour un homme comme il faut. On a vu depuis peu surgir en Russie beaucoup de jeunes gens de même caractère. Astakoff n'avait que vingt-sept ans ; il était de taille moyenne, bien fait ; ses traits ne manquaient pas d'agrément, mais ils manquaient d'expression. Son regard clair et sec ne changeait jamais ; à peine pouvait-on quelquefois y surprendre un peu d'ennui ; un sourire poli ne quittait point ses lèvres ; ses cheveux, d'un blond de soie, étaient soigneusement frisés. Il possédait six cents âmes en bon état, et commençait à penser au mariage. Ce qu'il désirait rencontrer, c'était une femme à grandes relations, trouvant qu'il n'en avait pas assez. En un mot, il méritait le surnom qui est devenu fort à la mode en Russie, celui de *gentleman*.

Le lendemain de bonne heure, notre *gentleman* se mit à ses affaires, ce qu'il faisait, il faut lui rendre cette justice, avec plus de bon sens que la plupart de nos jeunes gens à vues pratiques. Il écouta patiemment les plaintes embarrassées des paysans, ce qui consola un peu ceux-ci de ce qu'il ne fît droit à aucune ; il apaisa des discordes naissantes entre parents, dans les familles privées de pères, en menaçant les uns et exhortant les autres. Il découvrit quelques filouteries commises envers ses administrés par le starosta, qu'il se garda bien toutefois de destituer. En un mot, il se conduisit de telle sorte qu'il demeura fort content de lui-même, et que les paysans, au sortir de l'assemblée, ne purent s'empêcher, bien qu'il n'eût rien fait, de lui donner quelques louanges. Malgré sa promesse de la veille, Astakoff s'était décidé à dîner chez lui, et déjà il avait commandé à son cuisinier de campagne un de ses potages favoris, lorsque, probablement sous l'influence de ce sentiment de satisfaction intérieure, il s'écria tout à coup : « Si j'allais chez ce vieux bavard ! » Aussitôt dit, aussitôt fait. Une demi-heure après, son élégant *tarantass*, attelé de quatre bons chevaux de paysan, galopait dans la direction d'Ipatovka, qui n'était éloigné que de douze verstes, par une route facile.

L'habitation d'Ipatoff se composait de deux petites habitations seigneuriales, placées face à face, des deux côtés d'un immense étang d'eau courante. Une longue digue, plantée de peupliers aux feuilles d'argent, formait le barrage de l'étang, au bout duquel on apercevait le toit aigu d'un petit moulin. Bâties de la même façon, et peintes de la même couleur lilas, les deux maisons semblaient se regarder, au-dessus de l'étang, par leurs petites vitres luisantes. Une terrasse arrondie s'avançait devant chaque maison, surmontée d'un fronton à la grecque, que soutenaient quatre minces colonnettes en bois. Un ancien jardin enveloppait tout l'étang ; de vieux tilleuls s'y étendaient en longues avenues, et de hauts sapins, de sombres chênes, d'élégants érables y élevaient leurs cimes d'espace en espace. Des masses de lilas et d'acacias pressaient les deux maisons à n'en laisser voir que les façades, desquelles partaient, du côté de l'étang, de petits sentiers pavés de briques écrasées en poussière. Des canards de toutes nuances, des oies blanches et grises nageaient en petites troupes sur l'eau claire de l'étang, que ne couvrait jamais aucune mousse verdâtre, grâce aux nombreuses sources qui jaillissaient du fond d'un ravin pierreux pour alimenter l'étang. Le site de cette habitation était agréable, avenant, et pourtant solitaire.

Dans une de ces deux maisonnettes, vivait Ipatoff lui-même ; dans l'autre, sa vieille mère, bonne femme caduque, âgée de plus de soixante-dix ans. Arrivé sur la digue, Astakoff ne savait sur quelle maison se diriger. Un petit garçon pêchait à la ligne, assis, les pieds nus, sur un tronc d'arbre pourri. Astakoff lui demanda son chemin :

« Mais chez qui allez-vous ? chez la vieille dame, ou chez le jeune seigneur ? repartit le garçon sans quitter son hameçon des yeux.

— De quelle vieille dame parles-tu ? Je vais chez Michaïl Nicolaïtch.

— Ah ! chez le jeune homme ; alors prenez à droite. »

Et le garçon, donnant une secousse à sa ligne, tira de l'eau un petit goujon argenté. Astakoff prit à droite.

Ipatoff jouait aux dames avec l'*Âme de poche*, quand on vint lui annoncer l'arrivée d'Astakoff. Il se leva précipitamment, gagna en courant l'antichambre, et donna trois baisers sur les joues à son visiteur.

« Vous me trouvez, dit-il, avec mon fidèle compagnon Ivan Illiitch, qui, pour le dire en passant, est tout ravi de votre amabilité. » Bodriakoff dirigea son regard vers un coin de la chambre, ce qu'il faisait chaque fois qu'on parlait de lui. « Il a eu la bonté de rester avec moi, tandis que ces demoiselles sont allées se promener au jardin. Vanka, cours les chercher, dis-leur que la visite est arrivée. Et comment trouvez-vous notre nature et notre site ? Kabourdine a composé des vers en leur honneur ; ils commencent :

Ipatofka, aimable refuge…

Le reste est tout aussi bien, mais je ne m'en souviens plus. Le jardin est grand, un peu trop pour mes moyens ; et ces deux maisons, si merveilleusement pareilles, ont été construites par deux frères, mon père Nicolas et mon oncle Serge. C'étaient deux amis exemplaires ; c'étaient Damon et… comment donc s'appelait l'autre ?

— Pythion, murmura Bodriakoff.

— Est-ce bien là le nom ? reprit le vieillard ; enfin c'est égal. Il faut que vous sachiez que je suis veuf ; j'ai perdu ma chère femme ; les aînés de mes enfants sont élevés dans les établissements de la Couronne ; je n'ai avec moi que mes deux filles cadettes, et la sœur de ma femme. Vous allez les voir. Mais, mon Dieu, Ivan Illiitch, tu ne me fais pas observer que je n'offre rien à mon visiteur. Quelle eau-de-vie daignez-vous préférer ?

— Je ne bois rien avant le repas, répondit Astakoff.

— Comment est-ce possible ? Du reste, comme il vous plaira. “Laisse libre ton visiteur, ainsi tu lui feras honneur.” Et puis, vous le savez bien, nous vivons ici dans la simplicité. Ce n'est pas un désert, mais c'est un refuge, une retraite solitaire. Vous ne vous asseyez point ? »

Astakoff s'assit, en gardant son chapeau dans ses mains.

« Permettez-moi de vous alléger », reprit Ipatoff ; et, lui ayant enlevé son chapeau, il alla le poser soigneusement sur un siège. Puis il revint s'asseoir en face de son visiteur, et, cherchant à lui dire quelque chose d'aimable, il le regardait en se frottant les mains : « Aimez-vous à jouer aux dames ?

— J'ai pour principe de ne jouer à aucun jeu.

— Ah ! c'est très sensé de votre part ; mais les dames, ce n'est pas un jeu ; c'est plutôt un amusement, une manière agréable de tuer le temps. N'est-ce pas, Ivan Illiitch ?

— Oui… les dames… ce n'est rien.

— Les échecs, c'est autre chose, continua Ipatoff ; mais voici nos demoiselles qui reviennent », dit-il en s'interrompant et en jetant un regard sur la porte vitrée.

Astakoff se retourna, et aperçut deux jeunes filles d'une dizaine d'années, portant des robes roses et de grands chapeaux de paille, qui montaient rapidement les marches du perron. Une autre fille de vingt ans à peu près, grande et bien faite, les suivait à quelque distance. Toutes trois entrèrent dans la chambre ; les deux petites filles firent leur révérence.

« Voici, je vous les recommande, mes deux filles, dit Ipatoff ; Katia et Nastia[1]. Et voici ma belle-sœur, Marie Pavlovna, dont j'ai eu déjà l'honneur de vous parler. »

Astakoff fit un profond salut à Marie, qui lui répondit par un brusque mouvement de tête. Elle tenait en main une serpette ouverte ; ses épais cheveux châtains s'échappaient un peu en désordre d'un peigne qui avait peine à les retenir, et une feuille s'y était accrochée. Son visage hâlé s'était coloré au grand air ; elle respirait fortement par ses lèvres entrouvertes, ses yeux brillaient, et l'on voyait qu'elle venait de courir, et même quelques taches sur sa robe, de couleur sombre, montraient qu'elle avait travaillé au jardin. Elle sortit immédiatement de la chambre, et les petites filles la suivirent en courant.

« Il faut, dit le vieillard, arranger un peu la toilette, même chez nous. »

Astakoff sourit pour toute réponse. Il était resté frappé de la figure de Marie ; jamais il n'avait vu de beauté plus russe, plus particulière à la steppe. Elle revint bientôt,

1. Diminutifs de Catherine et Anastasie.

s'assit sur un sofa, et demeura immobile. Elle avait seulement un peu relevé et peigné ses cheveux, mais n'avait pas changé de robe, et n'avait pas même mis de manchettes.

Sa figure était plutôt farouche que fière ; son front, large et bas ; son nez, droit et court ; un sourire lent et contenu effleurait à peine ses belles lèvres, un peu fortes et vivement colorées. Dans le léger froncement de ses sourcils en ligne droite se lisait quelque mépris. Elle tenait ses grands yeux sombres presque toujours baissés. « Je sais bien, semblait-elle dire, que vous me regardez tous ; cela m'ennuie, mais, à votre aise, regardez-moi. » Quand elle levait ses yeux, il y avait dans son regard quelque chose de sauvage, de majestueux et d'étonné, qui le faisait ressembler au regard d'une biche. Sa taille était grande, élancée, de contours irréprochables ; un poète classique l'eût comparée à Cérès ou à Junon.

« Que faisiez-vous dans le jardin ? lui demanda Ipatoff, qui cherchait à la faire parler.

— Nous coupions des branches mortes, et nous bêchions des plates-bandes », répondit-elle d'une voix un peu basse de timbre, mais douce et sonore à l'oreille.

— Vous êtes-vous bien fatiguées ?

— Les enfants le sont ; pas moi.

— Je m'en doute ; tu es une vraie Bobeline[1]. Avez-vous été voir la grand-mère ?

— Oui, elle dormait.

— Vous devez aimer les fleurs, dit Astakoff se mêlant à l'entretien.

— Oui.

— Pourquoi ne mets-tu jamais de chapeau quand tu sors ? reprit Ipatoff ; regarde comme tu es rouge et hâlée. »

Elle passa silencieusement sur son visage une de ses mains, qui étaient petites, mais assez larges et colorées, car elle ne mettait jamais de gants.

---

1. Héroïne de la dernière insurrection des Grecs contre les Turcs, dont le nom est resté très populaire en Russie.

« Vous vous occupez vous-même de jardinage ? » demanda de nouveau Astakoff.

— Oui. »

Astakoff prit occasion de là pour raconter qu'un du ses voisins et amis, le prince N…, avait un jardin magnifique. « Le jardinier en chef, un Allemand, ajouta-t-il, reçoit de gages deux mille roubles d'argent. » Astakoff n'avait pas l'habitude de mentir, et pourtant il avait ajouté cinq cents roubles.

« Comment se nomme ce jardinier ? demanda tout à coup l'*Âme de poche* en se levant.

— Je ne sais… vraiment ; Mayer ou Miller. Mais pourquoi cette question ?

— Il est toujours utile de savoir un nom de famille », répondit l'autre en s'asseyant.

Astakoff continua à parler du prince N… Les deux jeunes filles entrèrent en tapinois, s'assirent côte à côte, et se mirent à le dévorer des yeux en se donnant de légers coups de coude.

« Yégor Kapitonitch vient d'arriver, annonça un domestique, du seuil de la porte.

— Fais entrer, fais entrer », s'écria Ipatoff.

Un petit vieillard, gros et court, entra sur-le-champ. Sa figure était bouffie et plissée comme une pomme cuite. Il portait une lévite en drap gris, à brandebourgs noirs et collet droit, et son large pantalon en velours s'arrêtait bien au-dessus de la cheville.

« Bonjour, mon très cher ami, s'écria Ipatoff en allant à sa rencontre. Il y a bien longtemps que nous ne vous avons vu.

— C'est vrai, répondit l'autre d'une voix plaintive et grasseyante, après avoir d'abord salué chacun des assistants. Mais vous le savez, Michaïl Nicolaïtch, suis-je un homme libre ?

— En quoi n'êtes-vous pas un homme libre ?

— Et Matrona Markovna !

— Eh bien… Matrona Markovna ? reprit Ipatoff en faisant sous cape un signe à Astakoff, pour attirer son attention.

— Mais c'est connu de tout le monde, reprit Yégor Kapitonitch en s'asseyant. Vous le savez aussi ; elle n'est jamais contente de moi. Quoi que je dise, ce n'est pas délicat, pas comme il faut, pas décent. Et pourquoi pas décent ? Dieu seul peut le savoir. Et les demoiselles… mes filles, je veux dire, elles imitent leur mère. Je ne dis pas… Matrona Markovna est une excellente femme, la meilleure des femmes, mais, à propos des manières, elle est d'une trop grande sévérité.

— De grâce, en quoi donc vos manières sont-elles mauvaises, Yégor Kapitonitch ?

— C'est ce que je pense moi-même ; mais enfin il est difficile de la contenter. Hier, par exemple, je dis à table : "Matrona Markovna (et Yégor Kapitonitch donna à sa voix l'expression la plus caressante), permets… il me semble que notre cocher ne ménage pas les chevaux, ne sait pas son métier. Aujourd'hui l'étalon noir est tout à fait abattu…" Là-dessus, voilà Matrona Markovna qui part comme la poudre. Elle se met à me faire honte. "Tu ne sais pas, me dit-elle, t'exprimer décemment dans la société des dames." Et voilà que les demoiselles quittent aussitôt la table ; et le lendemain, les autres demoiselles, les Biruleff, les nièces de ma femme, savent déjà tout. En quoi m'étais-je mal exprimé ? je m'en rapporte à vous. Il est vrai que, quelquefois, je m'exprime un peu crûment ; à qui cela n'arrive-t-il pas, surtout chez soi ? Eh bien ! dès le lendemain, les demoiselles Biruleff savent tout. Je ne sais vraiment plus que faire. Quelquefois je suis assis, et je me mets à penser, à ma façon. Quand on pense, vous savez, on a la respiration forte. Alors Matrona Markovna se met à me faire honte : "Ne ronfle pas, dit-elle ; qui est-ce qui ronfle aujourd'hui ? — Pourquoi me grondes-tu, dis-je, Matrona Markovna ? tu devrais avoir de la compassion pour mes infirmités, et tu me grondes." Maintenant, je ne pense plus à la maison. Je me tiens assis et je regarde par terre, comme un enfant puni. C'est comme je vous le dis, en vérité. Encore un exemple : l'autre soir, en me couchant, je dis à Matrona Markovna : "Ma petite mère, vous gâtez tout à fait votre petit laquais cosaque. Si ce jeune pourceau se lavait la figure au moins les dimanches..." Il me semble que je m'exprimais avec tendresse et d'une façon détournée. Eh bien, je n'ai pas été plus heureux. Matrona Markovna s'est mise à me faire honte. "Tu ne sais pas, m'a-t-elle dit, te conduire dans la société des dames." Et le lendemain les demoiselles Biruleff savaient tout. Comment voulez-vous, après cela, que j'aie le cœur à faire des visites, Michaïl Nicolaïtch ?

— Je suis fort étonné de ce que vous me dites, repartit Ipatoff. Matrona Markovna me semblait...

— Ah ! c'est une excellente femme, interrompit Yégor Kapitonitch, une mère, une épouse exemplaire. Mais elle a trop de sévérité sur la question des manières. Elle me dit qu'il faut en tout *de l'ensemble*, et que je n'en ai pas. Vous savez que je ne parle pas le français, et que je le comprends assez mal. Qu'est-ce donc que cet *ensemble* que je n'ai pas ? »

Ipatoff, qui ne savait pas plus le français que son visiteur, se contenta de hausser les épaules.

« Et que font vos fils ? demanda-t-il.

— Oh ! mes fils, j'en suis content ; ce n'est pas comme des demoiselles. Lolo est un garçon adroit ; ses supérieurs en sont satisfaits. Quant au second, malheureusement, c'est un philanthrope.

— Que voulez-vous dire ?

— Mais qu'il ne veut voir personne, qu'il est sauvage. Et sa mère lui dit toujours : "Respecte ton père, mais ne l'imite en rien." »

À ce moment entra une vieille femme, la tête enveloppée d'un mouchoir ; elle annonça que le dîner était prêt. On alla se mettre à table.

Le dîner dura assez longtemps. Ipatoff tint le dé de la conversation. Marie, près de laquelle on avait placé

Astakoff, continuait à garder le silence, malgré toutes les avances aimables qu'il lui prodiguait. Elle ne souriait de temps à autre qu'aux deux petites filles, qui venaient lui chuchoter à l'oreille, et qu'elle semblait aimer beaucoup. L'*Âme de poche* mangeait avec la même paresse qu'il mettait à toutes choses. Après le dîner, on alla prendre le café sur la terrasse. Le temps était superbe, et l'air imprégné du parfum des tilleuls en fleur. Une douce fraîcheur qui venait de l'étang et des grands arbres tempérait l'ardeur d'un jour d'été. Tout à coup le galop d'un cheval retentit sur la digue ; une amazone en large chapeau gris apparut, se dirigeant vers la maison, suivie d'un petit Cosaque monté sur un cheval à sa taille.

« Ah ! s'écria Ipatoff, voici Nadejda Alexeïevna qui nous arrive. Quelle agréable surprise !

— Seule ? demanda brusquement Marie en relevant la tête.

— Seule. Il est probable que quelque chose a retenu Piôtr Alexeïtch. »

Une vive rougeur colora le visage de Marie, qui se détourna pour la cacher. Cependant l'amazone, qui était entrée dans le jardin par une petite porte, s'approcha de la terrasse au grand galop, et sauta légèrement par terre sans attendre ni son Cosaque, ni Ipatoff, qui s'était empressé d'aller à sa rencontre. Ayant lestement relevé sa longue jupe, elle franchit en courant les marches de la terrasse, et s'écria gaiement : « Me voici !

— Soyez la bienvenue, s'écria Ipatoff ; c'est aimable, c'est charmant, c'est inespéré ! Permettez-moi de vous baiser la main.

— À votre aise. Seulement, ôtez mon gant vous-même… Macha, imagine-toi que mon frère ne vient pas aujourd'hui.

— Je vois bien qu'il n'est pas venu, répondit Marie à demi-voix.

— Il te fait dire qu'il est occupé ; ne te fâche pas... Bonjour, Yégor Kapitonitch ; bonjour, les enfants ; bonjour, tout le monde... Vassa, dit-elle en se tournant vers son petit Cosaque, fais bien promener *Krasavichick*[1]. Macha, donne-moi une épingle pour rattacher ma jupe... Aïe, je me suis piquée... Michaïl Nicolaïtch, venez ici. »

Ipatoff s'approcha d'elle.

« Quel est ce nouveau personnage si grave ? demanda-t-elle d'une voix assez haute.

— C'est notre voisin Astakoff, vous savez, le propriétaire de Sassovo. Voulez-vous que je vous le présente ?

— Bien, plus tard... Ah ! quel beau temps ! Yégor Kapitonitch, est-il possible que Matrona Markovna vous gronde même par un aussi beau temps ?

— Matrona Markovna ne me gronde jamais ; seulement...

— Et les demoiselles Biruleff ? le lendemain elles savent tout, n'est-ce pas ? »

Et elle partit d'un joyeux éclat de rire.

« Vous daignez toujours rire, repartit Yégor ; du reste, quand rirait-on, si ce n'est à votre âge ? »

— Yégor, mon cher ami, ne vous fâchez pas, ou je vous embrasse... Ah ! je suis fatiguée, permettez-moi de m'asseoir. »

Elle se jeta dans un fauteuil, et enfonça d'un geste mutin son chapeau jusque sur ses yeux.

« Permettez, Nadejda Alexeïevna, que j'aie l'honneur de vous présenter notre voisin monsieur Astakoff, dont vous avez certainement beaucoup entendu parler. »

Astakoff salua d'un air compassé, et Nadejda le regarda sous le rebord de son chapeau.

« Nadejda Alexeïevna Vérétieff, continua Ipatoff en se tournant vers son hôte. Elle vit ici avec son frère Piôtr Alexeïtch, lieutenant aux gardes en retraite ; grande amie

---

1. Le petit coquet.

de ma belle-sœur, et très bienveillante pour toute notre maison.

— C'est un véritable état de services », reprit la dame en continuant à lancer de dessous son chapeau des regards malicieux sur Mr Astakoff.

Astakoff se tenait tout roide, et néanmoins il se disait intérieurement : « Mais celle-ci aussi est très jolie. »

En effet, Nadejda était une charmante personne ; svelte et mince, elle paraissait plus jeune qu'elle ne l'était réellement, car elle comptait déjà vingt-six ans sonnés. Elle avait le visage rond, la tête petite, les cheveux longs, fins et légers, un petit nez hardiment retroussé, et des yeux où la malice et la gaieté semblaient s'allumer par étincelles. Tous les traits de son visage étaient extrêmement mobiles et prenaient maintes fois une expression comique avec laquelle alternait sur sa physionomie un air réfléchi, un air de bonté, qui venait et passait comme un éclair. Elle avait été très gâtée dans son enfance, et cela se voyait encore, car les enfants gâtés en gardent le cachet toute leur vie. Elle saisissait facilement le côté ridicule des gens, et même dessinait assez bien des caricatures. Son frère l'aimait tendrement, bien qu'il eût coutume d'assurer qu'elle piquait, non comme l'abeille, mais comme la guêpe : car l'abeille meurt de sa piqûre et la guêpe ne s'en porte que mieux ; comparaison qui la fâchait toujours.

« Êtes-vous ici pour longtemps ? demanda-t-elle brusquement à Astakoff en baissant les yeux et tournant sa cravache entre ses mains.

— Non, je me dispose à partir dès demain.

— Pour aller ?…

— Chez moi.

— Pour quoi faire, chez vous ?

— Comment, pourquoi ? J'y ai des affaires qui ne souffrent aucun délai.

— Êtes-vous donc un homme si rangé ?

— Je tâche de l'être ; dans notre temps positif, chaque homme qui se respecte doit être positif et rangé. »

Nadejda souleva le bord de son chapeau, et Ipatoff s'écria : « Dieu ! que c'est dit avec justesse ! n'est-ce pas, Bodriakoff ? »

L'*Âme de poche* donna d'un regard son assentiment, et Yégor ajouta : « C'est absolument l'opinion de Matrona Markovna.

— Je regrette, reprit Nadejda, que cette vérité soit si bien reconnue. Mais, franchement, vous feriez mieux de rester ici ; il nous manque un jeune premier. Jouez-vous la comédie ?

— Je vous avoue que ce genre d'occupation m'a toujours été pleinement étranger.

— Je suis sûre que vous joueriez bien. Vous avez l'air si… imposant ! C'est ce qu'il faut aujourd'hui pour les jeunes premiers. Mon frère et moi nous avons l'intention d'établir ici un théâtre ; mais ce ne sera pas seulement pour jouer des comédies ; nous jouerons tout, des drames, des ballets et même des tragédies. Que manque-t-il à Macha pour faire une Cléopatre ou une Phèdre ? Regardez-la. »

Astakoff se retourna pour la voir. La tête appuyée contre le chambranle de la porte, et les bras croisés sur la poitrine, Marie, d'un air pensif, étendait son regard dans le lointain. Ses traits, réguliers et harmonieux, rappelaient en effet, dans ce moment, le contour des figures antiques. Elle n'avait pas entendu les dernières paroles de Nadejda ; mais, remarquant que tous les regards se dirigeaient soudainement sur elle, elle se douta de leur sens, rougit et voulut s'éloigner. Nadejda saisit sa main, et, avec la caresse coquette d'un petit chat, elle l'attira vers elle et déposa un baiser sur cette main presque masculine. Marie devint plus rouge.

« Tu fais toujours des folies, Nadia.

— Mais n'ai-je pas dit la vérité ? Je le demande à tous. Allons, calme-toi, je ne le ferai plus… Je le répète, continua-t-elle en se tournant vers Astakoff, c'est grand dommage que vous partiez. Nous avons bien un jeune premier qui se propose lui-même, mais il est trop mauvais.

— Qui est-ce ?

— Bodriakoff, le poète. Et comment voulez-vous qu'un poète soit bon jeune premier ? D'abord, il s'habille d'une façon à faire frémir ; et puis, on dit qu'il écrit des épigrammes, et pourtant chaque femme lui fait peur ; même moi, imaginez-vous. Il balbutie, il tient toujours une main plus haut que sa tête. Enfin… dites-moi, monsieur Astakoff, est-ce que tous les poètes sont ainsi ?

— Je n'ai jamais connu personnellement aucun d'eux, répondit Astakoff, en se redressant de toute sa taille, et je dois dire de plus que je n'ai jamais cherché à faire une telle connaissance.

— Oui, c'est vrai, vous êtes un homme positif… Que faire ? Nous prendrons Bodriakoff. Les autres jeunes premiers sont encore plus mauvais. Celui-là du moins apprendra son rôle par cœur, il a de la mémoire ; c'est grâce à cela qu'il fait des vers. Macha, outre les rôles tragiques, fera chez nous la *prima donna*. Vous ne l'avez pas entendue chanter ?

— Non, reprit Astakoff d'un air agréable et surpris. Je ne savais pas…

— Qu'as-tu donc aujourd'hui, Nadia ? » interrompit Marie mécontente.

Nadejda se leva brusquement et jeta son chapeau sur un siège : « Au nom du ciel, Macha, chante-nous quelque chose, de grâce. Je ne te laisserai pas de repos que nous ne t'ayons entendue. Allons, Macha, mon âme, j'aurais chanté moi-même pour égayer ce monsieur, qui s'ennuie visiblement, mais tu sais combien ma voix est vilaine. En revanche, tu verras comme je t'accompagnerai.

— Il faut faire toutes tes volontés, reprit Marie après un moment de silence. Tu es une enfant gâtée, habituée à ce qu'on passe par tous tes caprices. Allons, je vais chanter.

— Bravo, bravo ! s'écria Nadejda en frappant des mains. Messieurs, au salon ! Et quant à mes caprices, ajouta-t-elle en la menaçant du doigt, tu me les payeras une autre fois. Est-il permis de dévoiler ainsi les faiblesses des gens devant des personnes inconnues ? Yégor Kapitonitch, est-ce ainsi que Matrona Markovna vous fait rougir devant les étrangers ?

— Matrona Markovna, murmura Yégor, est une femme très respectable ; seulement….

— C'est bien, c'est bien », reprit Nadejda, et elle se dirigea en sautillant vers le salon.

Tous l'y suivirent. Elle s'assit devant le piano ; Marie s'arrêta à quelques pas d'elle, les mains derrière le dos, et s'appuya à la muraille.

« Macha, dit Nadejda après un moment de réflexion, chante-nous *Le paysan sème du blé.* »

Marie chanta. Sa voix était sonore et pure ; elle chantait simplement, mais avec expression. Tous l'écoutèrent avec plaisir, et Astakoff ne put cacher son étonnement. À peine eut-elle fini qu'il s'approcha d'elle pour lui dire qu'après avoir entendu tous les artistes de la capitale, il n'aurait jamais pu croire….

« Attendez, vous en verrez bien d'autres, interrompit Nadejda. Macha, je vais contenter ton âme de Petite-Russienne ; chante-nous : *Il s'élève un long bruit dans la forêt.* »

— Vous êtes de ce pays-là, de la Petite-Russie ? s'écria Astakoff.

— C'est ma patrie », répondit-elle, et sur-le-champ elle se mit à chanter.

Elle prononça les premiers vers avec assez de calme ; mais bientôt cette mélodie mélancolique et pénétrante, qui lui rendait le pays natal, la jeta dans une émotion profonde. Ses yeux brillèrent, son regard prit un sentiment de fierté, sa voix vibra fortement.

« Dieu ! que tu as bien chanté ! s'écria Nadejda ; que mon frère aura de regrets de n'être pas venu ! »

Maria baissa aussitôt sa tête, qu'elle avait relevée ; et sourit de ce sourire amer qui lui était habituel.

« Encore quelque chose, dit Ipatoff.

— Oh ! oui, ayez cette bonté, ajouta Astakoff.

— Excusez-moi, je ne chanterai plus aujourd'hui », répondit Marie, qui sortit brusquement de la chambre. Nadejda la suivit du regard, sembla réfléchir un moment, sourit et se mit à jouer avec un seul doigt la chanson : *Le paysan sème du blé* ; puis tout à coup elle commença une polka brillante, et, sans l'avoir achevée, ferma le piano et se leva.

« Quel dommage qu'on ne puisse pas danser en ce moment ! car vous ne dansez pas, je suppose, monsieur ? dit-elle en s'adressant à Astakoff.

— Marie Pavlovna a une très belle voix, répondit-il d'un ton sentencieux.

— Vous aimez donc la musique ? reprit Nadejda.

— Certainement.

— Un homme aussi savant qui aime la musique !

— Qui vous a dit, mademoiselle, que je suis…

— Ah ! pardon ! c'est un homme aussi positif que j'aurais dû dire… Mais qu'est devenue Macha ? Attendez, je vais la ramener. »

Et Nadejda sortit en courant.

« Une étourdie, une folle, comme vous voyez, dit Ipatoff. Mais le cœur excellent ! Et quelle éducation elle a reçue ! On ne peut s'en faire l'idée. Elle parle toutes les langues. Mais ce sont des gens riches, cela se comprend.

— C'est une personne digne par son amabilité de figurer dans les plus hauts cercles, reprit Astakoff. Mais, pardon… votre femme était donc de la Petite-Russie ?

— Oui, ma défunte était Petite-Russienne, et même elle ne parlait pas le russe très correctement. Quant à Marie, c'est autre chose. Elle est venue fort jeune en Russie. Mais le sang se montre toujours. Vous avez remarqué comme elle a chanté… Ah ! il ne faut pas dire du mal de son pays en sa présence.

— Ce pays nous appartient, dit gravement Astakoff. En dire du mal serait impolitique.

— Vous avez raison. Mais que sont-elles devenues ? Il est temps de prendre le thé. »

Les deux amies restèrent longtemps absentes. Ipatoff fut obligé de les envoyer chercher plusieurs fois. Elles revinrent enfin. Marie versa le thé, et Nadejda, s'approchant de la terrasse, se mit à regarder dans le jardin. Une calme et sereine soirée avait succédé à la chaleur d'un jour d'été. Le crépuscule embrasait le ciel. Sur le lac, à demi empourpré par les feux du couchant, à demi assombri par la nuit tombante, se réfléchissaient, immobiles et renversés, les arbres et les maisons. Tout se calmait, tout se taisait alentour.

« Regardez un peu, dit Nadejda à Astakoff qui s'était approché d'elle ; regardez, que c'est joli ! Là, dans l'étang, une étoile se mire tout près d'une lumière allumée dans la maison. L'une est dorée, l'autre rouge. Tiens ! voilà la grand-mère qui arrive », ajouta-t-elle à haute voix.

Une petite calèche d'enfant apparut derrière une touffe de lilas. Deux hommes la traînaient. Une petite vieille, bien emmaillotée, et la tête tombant sur la poitrine, y était assise. Les barbes de sa coiffe cachaient presque entièrement sa figure jaunie et ratatinée. La calèche s'arrêta devant la terrasse, et la dame s'annonça par une petite toux sèche. Ipatoff sortit aussitôt à sa rencontre, suivi de ses deux filles, qui, durant toute la soirée, n'avaient cessé d'entrer et de sortir comme des souris.

« Je vous souhaite le bonsoir, ma mère, dit Ipatoff en élevant la voix autant que possible ; comment vous sentez-vous ?

— Je suis venue voir ce que vous faites, répondit la vieille dame avec effort et d'une voix sourde. Le temps est si beau ! J'ai dormi tout le jour, et mes jambes viennent de me réveiller. Oh ! ces jambes ! elles ne me servent plus à rien qu'à me faire souffrir.

— Permettez-moi, ma mère, de vous présenter notre voisin, monsieur Astakoff.

— Enchantée, dit la vieille en jetant sur le visiteur un regard de ses grands yeux noirs, déjà ternes. Je vous prie d'avoir de la bonté pour mon jeune homme. C'est un bon jeune homme. Je lui ai donné l'éducation que j'ai pu, comme peut une femme. Il a encore beaucoup de légèreté ; mais il faut espérer qu'avec l'aide de Dieu, l'âge le rendra plus raisonnable. Je le désire beaucoup, car il est temps que je remette à un autre la conduite des affaires… C'est vous, Nadia ?

— C'est moi, grand-mère.

— Que fait Macha ?

— Elle verse le thé.

— Hum ! S'en tire-t-elle bien ? Et qui est encore là ?

— Ivan Illiitch et Yégor Kapitonitch.

— Le mari de Matrona Markovna ?…

— Lui-même, grand-mère. »

La vieille murmura encore quelques paroles inintelligibles.

« Allons, c'est bien, fit-elle. Écoute un peu, Micha[1]. J'ai beau demander le starosta, il ne vient point. Dis-lui qu'il se présente demain de bonne heure ; j'ai une quantité d'ordres à lui donner. Je vois bien que, sans moi tout irait de travers. C'est assez ; je suis fatiguée. Traînez-moi, vous autres. Adieu, mon petit père, ajouta-t-elle en se tournant vers Astakoff ; j'ai oublié votre nom, excusez une vieille. Et vous, petites filles, ne me reconduisez pas, c'est inutile. Vous ne pensez qu'à courir. Restez assises, et apprenez vos leçons. M'entendez-vous ? Macha vous gâte… Allons, marchez. »

La tête de la bonne dame, qu'elle avait relevée avec effort, retomba sur sa poitrine, et la calèche s'éloigna.

« Quel âge a votre mère ? demanda Astakoff.

— Elle n'a que soixante et quatorze ans ; mais il y en a déjà vingt-six qu'elle est entièrement perdue. Ce malheur lui est arrivé bien peu après la mort de mon père. C'était une beauté. »

Tous se turent un moment.

---

1. Diminutif de Michaïl.

« Quelle horreur ! s'écria Nadejda, une chauve-souris vient de passer. » Et, rentrant précipitamment dans le salon : « Il est temps que je m'en aille. Michaïl Nicolaïtch, faites seller mon cheval.

— Moi aussi, dit Astakoff.

— Comment, comment ! s'écria Ipatoff. Mais non, vous passerez ici la nuit. Il y a douze grandes verstes à faire. Et vous, Nadejda Alexeïevna, qui vous presse ? Attendez au moins que la lune se lève.

— Voilà une idée, répondit-elle ; il y a longtemps que je n'ai monté à cheval au clair de lune. C'est donc convenu. Et vous, Vladimir Sergeïtch, je vais vous faire préparer une chambre. »

On apporta des lumières. Ipatoff et Yégor se mirent à jouer à la préférence, et l'*Âme de poche* s'établit silencieusement auprès d'eux.

« Oui, c'est charmant, reprit Nadejda, de monter à cheval au clair de lune, surtout en traversant des buissons de noisetiers. On a peur, et ça fait plaisir. Quel étrange jeu de lumières et d'arbres ! On croit toujours que quelqu'un vous précède, on vous suit, on se glisse auprès de vous. »

Astakoff l'encouragea par un sourire protecteur.

« Encore autre chose, dit-elle. Vous est-il arrivé d'être assis, par une nuit bien chaude et bien sombre, sur la lisière d'un bois ? Il me semble, à moi, que deux personnes se disputent en chuchotant tout contre mon oreille.

— C'est le sang, dit Ipatoff en jetant sa carte.

— Vos descriptions sont très poétiques, mademoiselle, ajouta Astakoff.

— Vous trouvez ? en ce cas, elles ne doivent pas plaire à Macha.

— Pourquoi donc ? est-ce que Marie Pavlovna n'aime pas la poésie ?

— Non, elle trouve que tout cela est composé, est faux, et elle a l'horreur de tout ce qui n'est pas vrai.

— Quel étrange reproche ! composé ! Comment peuvent faire autrement ceux qui composent des vers ?

— Mais vous aussi, vous ne devez pas aimer la poésie ?

— Au contraire ; j'aime les vers quand, d'une part, ils sont harmonieux, et que, de l'autre, ils expriment une pensée… comprenez-moi bien… ce qu'en France on nomme *une idée*… une *idée*, entendez-vous ? »

Marie se leva.

« Où vas-tu ? demanda Nadejda.

— Coucher les enfants ; il est bientôt neuf heures.

— On les couchera bien sans toi. Comment ! voilà monsieur qui devient éloquent, et tu veux t'en aller ? »

Marie prit les deux petites par les mains, et s'éloigna.

« Elle n'est pas de bonne humeur aujourd'hui, fit Nadejda, et j'en sais la raison ; mais cela passera.

— Permettez-moi de vous demander, lui dit Astakoff, si vous avez l'intention de passer l'hiver à Saint-Pétersbourg ?

— Je ne sais ; je crains de m'y ennuyer.

— S'ennuyer à Saint-Pétersbourg ! comment serait-ce possible ? »

Et Astakoff se mit à lui décrire les charmes d'une vie de capitale. Nadejda l'écoutait avec attention, sans le quitter des yeux. Elle semblait étudier sa physionomie, et souriait intérieurement.

« Vous ne vous en repentirez pas, dit Astakoff en terminant sa description.

— Je ne me repens jamais. Quand on a fait une sottise, il faut tâcher de l'oublier aussi vite que possible, voilà tout.

— Permettez-moi de vous demander encore, reprit Astakoff, et cette fois en français, si vous connaissez depuis longtemps Marie Pavlovna ? Quelle est sa famille ? Sont-ce des gens riches, comme il faut ?

— Permettez-moi de vous demander à mon tour, repartit Nadejda, pourquoi vous m'avez adressé cette question-là en français ?

— Mademoiselle… je ne sais trop…

— Eh bien ! je le sais, moi. Marie est une charmante fille… qui parle mal le français, ajouta-t-elle après une pause.

— Elle est assurément très originale, murmura Astakoff.

— Originale ! est-ce bien une louange dans votre bouche, dans la bouche d'un homme positif ? Moi aussi, peut-être, je vous semble originale. Ah ! je crois que la lune s'est levée ; oui, voici son reflet sur les peupliers. Il faut partir ; je vais dire qu'on selle *Krasavichick.*

— Il est déjà sellé, dit le petit Cosaque de Nadejda, en se montrant dans la bande de lumière qui tombait du salon sur le jardin.

— C'est bien. Macha, où es-tu ? Viens me dire adieu. »

Marie sortit de la chambre voisine. Les hommes se levèrent de leur table de jeu.

« Vous partez déjà ? dit Ipatoff.

— Oui, il est temps. » Et, s'avançant près de la porte vitrée : « Oh ! quelle nuit ! Venez tous, avancez la tête. N'est-ce pas que vous sentez comme la nuit respire ? Quelle odeur ! Toutes les fleurs se sont éveillées, et nous allons dormir, nous. À propos, Macha, j'ai dit à monsieur Astakoff que tu ne peux pas souffrir la poésie. Voici mon cheval. Adieu tous. »

Elle descendit en courant les marches du perron, sauta légèrement en selle, dit : « À demain » et, donnant de la cravache sur le cou de son cheval, elle partit au galop par la digue. Tous la suivaient du regard. « À demain ! » fit-elle encore derrière les peupliers. On entendit longtemps le bruit des sabots, qui se perdit peu à peu dans le silence de la nuit.

Ipatoff proposa de rentrer à la maison.

« Il est fort agréable d'être à l'air, dit-il, mais mieux vaut encore reprendre notre partie. »

Ils rentrèrent. Astakoff interrogea de nouveau Marie.

« Pourquoi, lui dit-il, n'aimez-vous pas la poésie ?

— Les vers ne me plaisent pas, répondit-elle.

— Peut-être en avez-vous lu fort peu ?

— Je n'en lis pas moi-même ; ou m'en a lu quelques-uns.

— Même ceux de Pouchkine ne vous plaisent pas !

— Même ceux de Pouchkine.

— Pourquoi ? »

Marie ne répondit rien. Mais Ipatoff, se penchant sur le dos de la chaise, fit remarquer avec un sourire bienveillant que ce n'étaient pas seulement les vers que Marie n'aimait pas, qu'elle n'aimait pas non plus le sucre, et généralement rien de doux.

« Mais il y a des vers qui ne sont pas doux, s'écria Astakoff.

— Par exemple ! » fit Marie.

Astakoff se gratta l'oreille. Il savait lui-même peu de vers par cœur, et, demander un exemplaire de Pouchkine chez Ipatoff eût été folie.

« Voici, dit-il enfin. Connaissez-vous *Antchar, l'arbre de la mort ?* Il est impossible de dire que cette poésie soit douce.

— Récitez », dit Marie, baissant la tête.

Astakoff jeta les yeux sur le plafond, fronça les sourcils, prit une pose grave, et récita les vers suivants[1] :

« Au milieu d'un désert avare et maigre, sur un sol calciné par l'ardente chaleur, Antchar, comme une sentinelle terrible, se dresse, unique dans tout l'univers.

« La Nature, mère de ces steppes éternellement altérées, l'a procréé dans un jour de colère, et a imprégné d'un venin subtil la verdure morte de ses branches, et jusqu'à ses racines.

« Le venin suinte à travers son écorce, fondu par l'ardeur de midi, et, vers le soir, il reste figé en hideuses larmes à demi transparentes.

« Aucun oiseau ne vole alentour ; aucun animal ne s'en approche ; seul le noir tourbillon se heurte sur lui, et, quand il le dépasse, il fuit, déjà pestiféré.

« Si une nuée errante vient arroser son feuillage toujours somnolent, la pluie découle, déjà empoisonnée, de ses branches dans le sable brûlant.

1. Ils ne sont pas cités dans l'original, tout Russe sachant par cœur cette pièce de vers, longtemps prohibée par la censure.

« Mais un homme, par un simple regard de commandement, envoya vers l'arbre de la mort un autre homme, et celui-ci, docilement, se mit en route, et revint, le jour suivant, avec le poison.

« Il apporta la gomme mortelle, et une branche aux feuilles flétries. La sueur coulait en ruisselets glacés de son front pâlissant.

« Il l'apporta, fléchit et se coucha sur les nattes de la tente ; et le pauvre esclave mourut aux pieds du seigneur invincible.

« Et le prince fit tremper dans le poison la pointe de ses flèches rapides, et, avec elles, envoya la mort à tous ses voisins paisibles. »

Après la première strophe, Marie avait levé lentement les yeux, et les avait fixés sur Astakoff. Quand il eut fini :

« De grâce, lui dit-elle, répétez encore. »

Astakoff récita de nouveau l'*Antchar*. Marie passa dans l'autre chambre, puis revint aussitôt avec une plume et du papier, et lui dit :

« Je vous en prie, écrivez-moi cela.

— Avec plaisir ; mais je m'étonne, je vous l'avoue, que ces vers aient pu vous plaire. Je les avais cités uniquement pour vous prouver que tous les vers ne sont pas doux. Les voici », ajouta-t-il en posant un grand point d'exclamation à la fin du dernier. Marie le remercia, et emporta la feuille.

Une demi-heure plus tard, on apporta le souper, et bientôt chacun gagna sa chambre. Vainement Astakoff, pendant le souper, avait tâché de faire parler Marie ; il était difficile de lier conversation avec elle, et les anecdotes qu'il contait n'intéressaient que médiocrement sa voisine, bien qu'il y employât les expressions les plus choisies. En se couchant, Astakoff ne put se défendre de penser à Marie et à Nadejda ; cependant il se serait endormi bien vite, si son voisin Yégor Kapitonitch ne l'en eût empêché. Le mari de Matrona Markovna, déjà déshabillé et couché dans son lit, avait une longue conversation avec son domestique ; il lui faisait de la morale. Chacune de ses paroles arrivait distincte aux oreilles d'Astakoff ; une mince cloison séparait leurs appartements.

« Tiens la chandelle devant ta poitrine, disait Yégor Kapitonitch d'une voix larmoyante ; tiens-la de façon que je voie ton visage. Tu m'as fait vieillir, homme sans conscience, vieillir complètement.

— Par quoi, de grâce, ai-je pu vous faire vieillir, Yégor Kapitonitch ? répondit la voix rauque et endormie du domestique.

— Par quoi ? je te dirai par quoi. Combien de fois t'ai-je dit : “Mitka, te disais-je, quand tu viens avec moi quelque part en visite, prends toujours pour moi deux habillements de rechange, surtout… tiens ta chandelle devant ta poitrine… surtout des habillements d'en bas.” Et qu'as-tu fait aujourd'hui ?

— Quoi ?

— Quoi ! Demain, que mettrai-je ?

— Ce que vous avez mis aujourd'hui.

— Tu me fais vieillir, brigand, tu me fais vieillir. Aujourd'hui déjà, je ne savais plus que devenir de la chaleur… tiens ta chandelle, et ne dors pas, quand ton maître te fait l'honneur de converser avec toi.

— Mais Matrona Markovna m'a dit que c'était assez. “Pourquoi, dit-elle, prendre tant de choses avec vous ? ça ne fait que les user.”

— Matrona Markovna ! est-ce l'affaire des dames de mettre le nez dans ces choses-là, être grossier que tu es ? Tous, tous, vous me faites vieillir.

— Mais Yakhim a dit la même chose.

— Comment dis-tu ?

— Je dis que Yakhim l'a dit.

— Yakhim, Yakhim ! répéta Yégor d'un ton de reproche. Voyez-vous ces gens sans foi ni loi, qui ne savent pas même parler le russe ? Yakhim ! qu'est-ce que Yakhim ? Yéphim peut se dire, à la rigueur ; parce que… comprends-moi bien, le nom de ce saint est Éphymus en grec, m'entends-tu ? Quand on est pressé, je comprends que l'on dise Yéphim ; mais jamais Yakhim, Yakhim ! Vous me faites tous vieillir, brigands. Tiens ta chandelle. »

Et longtemps encore Yégor Kapitonitch continua à morigéner son serviteur, malgré les soupirs et la petite toux d'impatience que faisait entendre Astakoff. Enfin le voisin renvoya son infortuné Mitka et s'endormit. Mais Astakoff n'en fut guère plus soulagé. Yégor avait l'habitude de ronfler si fort et si haut, avec de tels passages du grave à l'aigu, que la cloison elle-même semblait en gémir. De plus, l'air de la petite chambre où couchait Astakoff était lourd et renfermé, et pour couverture il avait un édredon ; il ne put y tenir, et se leva. Il ouvrit la fenêtre, et se mit à respirer avec bonheur l'air frais de la nuit ; sa fenêtre donnait sur le jardin. Le ciel était pur, et le disque de la pleine lune, tantôt se réfléchissait tout rond sur le lac, tantôt s'étendait en une longue gerbe de paillettes dorées qui s'agitait mollement. Dans un des petits sentiers du jardin, Astakoff aperçut une silhouette de femme, et l'ayant considérée attentivement, il reconnut Marie. Elle se tenait immobile, et son visage pâli s'éclairait des rayons de la lune. Tout à coup elle se mit à parler : Astakoff étendit la tête avec précaution ; il entendit ces mots : « Un homme, par un simple regard de commandement, envoya vers l'arbre de la mort un autre homme… »

« Tiens, se dit-il, mes petits vers ont produit de l'effet. »

En fixant ses regards sur Marie, il pouvait distinguer ses grands yeux sombres, ses sourcils sévères. À ce moment, elle tressaillit, tourna la tête comme si quelqu'un l'eût appelée, et entra rapidement dans l'ombre épaisse d'une charmille d'acacias. Astakoff resta encore quelque temps à la fenêtre ; puis il finit par se recoucher. « Quel être étrange ! disait-il en se tournant dans son lit ; qu'on dise ensuite qu'il n'y a rien d'intéressant dans la province ! Quel être étrange ! Je lui demanderai demain ce qu'elle faisait dans le jardin cette nuit. »

Et Yégor Kapitonitch continuait à ronfler.

II

Le lendemain, Astakoff s'éveilla fort tard, et, aussitôt après le thé pris en commun dans la salle à manger, il retourna à sa maison pour y achever les comptes, malgré toutes les instances de son hôte. Marie avait assisté au déjeuner ; toutefois Astakoff ne crut pas devoir l'interroger sur sa promenade nocturne. C'était un de ces hommes auxquels il est difficile de se livrer deux jours de suite à des idées étrangères à leur vie ordinaire ; il aurait fallu parler poésie, et il trouvait que c'était assez de s'être abandonné une fois à ces rêveries. Il passa toute la journée dans les champs, dîna de très bon appétit, fit la sieste, et, son sommeil fini, demanda les comptes. Mais, après avoir vérifié quelques additions, il fit atteler son *tarantass* et partit pour Ipatovka. On a beau être un homme positif, on n'a pas un cœur de pierre dans la poitrine, et l'on n'aime pas plus à s'ennuyer que le reste des mortels.

Astakoff était encore sur la digue lorsqu'il entendit des bruits de voix et d'instruments. Dans la maison d'Ipatoff on chantait des chansons russes en chœur ; il retrouva toute la société du matin, augmentée de Nadejda. Tous étaient assis en rond par terre, autour d'un homme d'une trentaine d'années, au visage brun, aux yeux et aux cheveux noirs, vêtu d'une petite veste en velours, avec un mouchoir rouge négligemment attaché autour du cou, et une guitare à la main. C'était Piôtr Alexeïtch Vérétieff, le frère de Nadejda. En apercevant Astakoff, Ipatoff poussa une exclamation de joie, et le présenta aussitôt au nouveau musicien. Après l'avoir poliment salué, Astakoff s'inclina plus profondément devant sa sœur.

« Nous sommes à chanter à la villageoise des chansons en chœur, dit Ipatoff, et voilà celui qui nous donne le ton. Si vous saviez comme il s'en tire bien ! mais vous allez l'entendre.

— Voulez-vous faire une partie dans notre chœur ? demanda Nadejda.

— Je le ferais avec plaisir, mais je n'ai pas de voix.

— N'importe. Voyez : Yégor Kapitonitch chante bien ! et moi aussi. Il faut seulement suivre les autres. Asseyez-vous ; et toi, frère, commence.

— Voyons un peu, quelle chanson chanter ? » dit Vérétieff en pinçant des arpèges sur sa guitare ; et jetant un regard sur Marie, qui était assise à ses pieds : « Je crois, dit-il, que c'est à votre tour de commencer.

— Non, chantez, vous, répliqua celle-ci.

— Il y a une chanson : *En descendant notre mère la Volga*[1], dit Astakoff ; je ne sais si vous la connaissez.

— Je crois bien, s'écria Vérétieff, mais nous la gardons pour la bonne bouche[2]. » Et, frappant sur ses cordes, il entonna d'une voix sonore une autre chanson populaire : *Le soleil est à son déclin.*

Il chantait fort bien, avec hardiesse et gaieté. Son visage, mâle et expressif, s'animait alors ; il donnait à ses épaules de rapides secousses, appliquait toute sa main sur les cordes de la guitare, puis la levait brusquement, secouait sa chevelure bouclée, et, d'un regard d'autorité qu'il promenait autour de lui, il entraînait ses chanteurs. Souvent, à Moscou, il avait eu l'occasion d'entendre le célèbre Ilia[3], et il l'imitait parfaitement. La voix de Marie

1. Volga est féminin en russe.
2. Cette chanson est très répandue en Russie.
3. Élie, chef d'un chœur de bohémiens.

se détachait des autres comme une onde sonore ; toutes les autres voix semblaient suivre la sienne ; mais elle s'obstinait à ne pas vouloir chanter seule, et ce fut Vérétieff qui resta coryphée jusqu'à la fin, car on chanta beaucoup d'autres chansons.

Le soir s'avançait, et un orage avec lui. Dès midi l'on avait entendu de lointains tonnerres. Mais voilà qu'un large nuage, qui était resté couché à l'horizon comme une traînée de plomb, commença à s'étendre, à s'allonger par-dessus la cime des arbres. L'air se mit à frémir, ébranlé par les coups de tonnerre qui se rapprochaient ; le vent s'éleva, secoua violemment les feuilles, puis se calma un moment, puis souffla plus fort en sifflement aigu. De lugubres ténèbres s'étendirent rapidement sur la terre, en éteignant les dernières lueurs du crépuscule ; des nuées basses et longues s'élancèrent dans le ciel comme si elles avaient soudainement rompu leurs chaînes ; la pluie tomba en larges gouttes ; un éclair rouge déchira les ténèbres, et le tonnerre, en ligne verticale, retentit avec fracas.

« Partons vite, dit Ipatoff, si nous ne voulons être mouillés. »

Tous se levèrent. « Attendez, s'écria Vérétieff ; une dernière chanson… Ma maison, ma maisonnette, ma maison neuve », commença-t-il à pleine voix, en grattant ses cordes des cinq doigts, et regardant, tête haute, l'orage menaçant.

— Ma maison, ma maisonnette, ma maison neuve », répéta le chœur involontairement entraîné.

La pluie se mit à tomber à torrents ; mais Vérétieff chanta « Ma maisonnette » jusqu'au bout. De temps en temps étouffée par les coups de tonnerre, la vive chansonnette semblait encore plus vaillante au bruissement de la pluie, aux rafales du vent. Enfin la dernière exclamation du chœur retentit, et toute la société, courant et riant, rentra dans le salon. Les deux petites filles surtout riaient de bon cœur en secouant leurs robes mouillées. Ipatoff, cependant, fit fermer toutes les fenêtres, et Yégor Kapitonitch approuva fort cette précaution, disant que, suivant l'opinion de Matrona Markovna, l'électricité était plus capable d'agir dans le vide. L'*Âme de poche* le regarda d'un air étonné, fit un pas en arrière, et jeta par terre une chaise. C'étaient de petits malheurs qui lui arrivaient à chaque instant.

L'orage passa vite ; les portes et les fenêtres se rouvrirent, et la maison se remplit d'un parfum humide. On apporta le thé ; après quoi les gens âgés se mirent aux cartes avec l'inévitable société de Bodriakoff. Astakoff allait s'approcher de Marie, qui était assise à côté de Vérétieff, mais Nadejda l'appela près d'elle, et entama aussitôt une vive conversation sur Saint-Pétersbourg et la vie qu'on y mène. Elle attaquait les usages de la capitale ; Astakoff crut devoir les défendre. « Sur quoi disputez-vous là ? » demanda Vérétieff en se levant et en s'avançant de leur côté. Sa démarche était nonchalante ; dans tous ses mouvements, quand il n'était pas animé, se voyait une sorte de paresse qui pouvait être de l'insouciance ou de la fatigue.

« Toujours sur Saint-Pétersbourg, répondit Nadejda ; monsieur Astakoff ne peut assez le louer.

— Une bonne ville, reprit Vérétieff. Du reste, à mon avis, il fait bon partout. Qu'on trouve quelques femmes, et, pardonnez ma franchise, aussi quelques bouteilles, et l'homme n'a plus rien à désirer.

— Vous m'étonnez, dit Astakoff. Est-il possible que vous soyez de l'opinion que, pour un homme civilisé, il n'y a…

— J'en conviens, interrompit Vérétieff, qui, malgré sa politesse, avait l'habitude de ne pas laisser achever les phrases commencées. Ce n'est pas de ma compétence, je ne suis pas un philosophe.

— Je ne suis pas non plus un philosophe, répliqua l'autre, et n'ai pas la moindre envie de le devenir ; mais la question doit être autrement posée… »

Vérétieff jeta un regard distrait sur sa sœur, qui lui dit avec un léger sourire et à voix basse : « Pétroucha, ma petite âme, contrefais Yégor Kapitonitch ; fais-nous ce plaisir. »

Le visage de Vérétieff changea soudainement, et, l'on ne saurait dire par quel miracle, devint tout semblable à celui de Yégor, bien qu'il n'y eût rien de commun entre les deux figures, et que Vérétieff se fût borné à froncer un peu le nez et à baisser le coin des lèvres. « Certainement, se mit-il à murmurer en imitant la voix d'Yégor, Matrona Markovna est une dame d'excessive sévérité sur les manières ; mais c'est une épouse exemplaire. Il est vrai, quoi que je dise…

— Que les demoiselles Biruleff savent tout, interrompit Nadejda, retenant à peine un éclat de rire.

— Elles savent tout, dès le lendemain, continua Vérétieff avec une grimace si comique et un regard si consterné, si suppliant, qu'Astakoff lui-même ne put s'empêcher de sourire.

— Vous avez, dit-il, un grand talent d'imitation. »

Vérétieff passa la main sur son visage, et ses traits reprirent aussitôt leur forme habituelle.

« C'est qu'il sait contrefaire tout le monde, s'écria Nadejda ; il y est passé maître.

— Même moi, vous auriez pu me contrefaire ? s'écria Astakoff.

— Certainement, reprit Nadejda.

— Ah ! de grâce, contrefaites-moi, nous sommes à la campagne, sans cérémonie.

— Vous l'avez crue ? dit Vérétieff, en donnant à sa voix l'inflexion de celle d'Astakoff, mais avec tant de discrétion que Nadejda seule put le remarquer, et qu'elle se mordit la langue. Ne vous avisez pas de le croire. Elle vous dirait de moi bien d'autres choses.

— Si vous saviez quel acteur c'est ! reprit Nadejda ; il joue tous les rôles ; c'est notre régisseur, notre souffleur ; il fait tout ce qu'il veut. Oh ! c'est dommage que vous partiez si vite !

— Ma sœur, ton affection t'aveugle, dit Vérétieff d'un air grave, mais conservant toujours l'inflexion de la voix d'Astakoff. Que pensera de toi monsieur ? Il te prendra pour une provinciale. »

Astakoff protesta. « Fais-nous voir, Pétroucha, reprit Nadejda, comment un homme ivre ne peut pas tirer son mouchoir de sa poche, ou plutôt comment quelqu'un veut attraper une grosse mouche sur une vitre, et comment elle s'échappe de ses doigts en bourdonnant.

— Tu es un véritable enfant », répondit Vérétieff.

Cependant il s'approcha de la fenêtre près de laquelle se tenait Marie, et se mit à promener ses doigts sur la vitre en imitant le bourdonnement de la mouche. On aurait cru qu'une véritable mouche se débattait sous sa main. Nadejda partit d'un éclat de rire, et tous l'imitèrent dans la chambre. La seule Marie ne changea pas de visage, et même ses lèvres prirent une expression plus sévère. Elle leva les yeux qu'elle avait tenus baissés, et jetant un regard sérieux sur Vérétieff : « C'est bien honorable, dit-elle, de faire le bouffon. » Aussitôt Vérétieff retira sa main de la vitre, tourna brusquement sur ses talons, et, après avoir fait deux ou trois pas dans la chambre, il sortit sur la terrasse, et de là dans le jardin, qui était entièrement sombre.

« Quel homme plaisant que Piôtr Alexeïtch ! s'écria Yégor Kapitonitch, sans quitter ses cartes ; il faut que je le fasse voir à Matrona Markovna. »

Nadejda se leva, et s'approchant de Marie : « Qu'as-tu dit à mon frère ? demanda-t-elle.

— Rien, répondit Marie.

— Comment, rien ? c'est impossible. Viens. »

Et passant son bras sous celui de son amie, elle la fit lever et l'entraîna dans le jardin. Astakoff les suivit du regard avec surprise, et fit même entendre un *hum !* désapprobateur. Mais comme personne ne fit attention à sa mauvaise humeur, il s'approcha de la table, et se mit à regarder le jeu avec un air encore plus grave et plus digne que de coutume. Les deux amies ne rentrèrent qu'une demi-heure plus tard. Vérétieff les suivait d'un air embarrassé. « Quelle belle nuit ! s'écria Nadejda en rentrant. Qu'il fait bon dans le jardin !

— À propos, dit Astakoff, s'approchant de Marie, le pouce dans l'entournure de son gilet, est-ce bien vous que j'ai vue hier soir dans le jardin ? »

Marie le regarda fixement, et Vérétieff fronça le sourcil, semblant interroger des yeux Marie et Astakoff.

« Il m'a semblé entendre, reprit celui-ci, que vous déclamiez l'*Antchar*.

— C'était bien moi, répondit Marie ; seulement je n'ai pas déclamé, car je ne déclame jamais.

— Mais pourtant, mademoiselle…

— Vous vous êtes trompé, dit-elle avec une froide brusquerie.

— Qu'est-ce que c'est que cette poésie ? dit en s'interposant Nadejda, qui semblait émue. Cet *antchar*, n'est-ce pas un arbre vénéneux ?

— Oui, dit Astakoff.

— Oh ! comme les *daturas*… Te souviens-tu, Macha, comme les *daturas* étaient beaux sur notre balcon, au clair de la lune, avec leurs longues fleurs blanches ? et quelle odeur ils répandaient, douce, pénétrante et perfide !

— Une perfide odeur, mademoiselle ?

— Oui, perfide. De quoi vous étonner ? On dit qu'elle est dangereuse, et pourtant elle vous attire. Pourquoi ce qui est mauvais peut-il séduire ? Pourquoi le mal peut-il avoir la beauté ?

— Oh, oh ! nous tombons dans les abstractions philosophiques, dit Vérétieff.

— Monsieur a raison, reprit Astakoff. Vous détournez la question. Je voulais dire que j'ai récité hier à Marie Pavlovna des vers qui lui firent un effet, un effet… malgré ce qu'on m'avait dit…

— Allons, dit Nadejda, pour en finir, récitez-nous-les encore. »

Astakoff se remit en posture, et récita la pièce de Pouchkine.

« Trop emphatique, dit Vérétieff, comme involontairement.

— Vous trouvez ce morceau trop emphatique ? demanda Astakoff.

— Non pas le morceau. Excusez-moi, mais il me semble que vous ne récitez pas avec assez de simplicité. Les vers disent assez par eux-mêmes. Au reste, je puis me tromper.

— Non, tu ne te trompes jamais, interrompit Nadejda.

— Oh ! c'est connu, reprit Vérétieff ; je suis à tes yeux un génie, un homme comblé des dons de la nature, qui sait tout, qui pourrait tout faire. Par malheur, sa paresse s'y oppose, n'est-ce pas ?

— Je sais ce que je sais, dit Nadejda en hochant la tête.

— Pour moi, dit Astakoff d'un air légèrement boudeur, je ne dispute pas ; vous devez vous y connaître mieux que moi ; ce n'est pas de ma spécialité.

— Je vous ai prié de m'excuser », reprit Vérétieff avec un mouvement d'impatience qu'il réprima aussitôt.

En ce moment le jeu finissait. « À propos, Vladimir Sergeïtch, dit Ipatoff en se levant, un de nos voisins, très digne et très excellent homme, monsieur Akiline, m'a chargé de vous prier de lui faire l'honneur d'assister à son bal. Je dis bal pour la beauté du style ; c'est une soirée dansante, sans cérémonie. Il serait venu vous engager lui-même ; mais il a craint de vous déranger.

— Excusez, répondit Astakoff, je dois retourner chez moi.

— Que croyez-vous donc ? reprit Ipatoff ; c'est demain qu'il donne ce bal, pour sa fête. Vous lui ferez tant de plaisir ! et ce n'est qu'à dix verstes d'ici. Si vous voulez, nous vous y mènerons.

— Et vous pourrez, interrompit Nadejda, m'engager sur-le-champ pour la cinquième contredanse ; les autres sont déjà prises.

— Vous êtes bien aimable. Et pour la mazurka, êtes-vous engagée ?

— Oui… non, non, je suis libre.

— En ce cas, j'aurai l'honneur…

— Vous allez donc au bal ? très bien, avec plaisir.

— Bravo ! s'écria Ipatoff. Akiline sera dans l'enchantement, bravo ! Crie donc bravo, Bodriakoff. »

L'*Âme de poche* voulait, comme d'usage, répondre par le silence, mais il crut convenable de faire entendre un bravo sourd et flegmatique.

« Quelle idée avais-tu, disait une heure plus tard Vérétieff à sa sœur, assis auprès d'elle dans une légère voiture à deux roues qu'il conduisait lui-même, quelle idée avais-tu de te jeter à la tête de ce fat, avec ta mazurka ?

— J'avais mes intentions.

— Est-il permis de les connaître ?

— C'est mon secret.

— Oh, oh ! »

Et il frappa du fouet son cheval, qui serrait les oreilles devant l'ombre d'un gros buisson qui tombait sur la route faiblement éclairée par la lune.

« Et toi, danses-tu avec Macha ? fit Nadejda à son tour.

— Oui, dit l'autre avec indifférence.

— Oui, oui, répéta Nadejda d'un ton de reproche. Décidément, vous autres hommes, vous ne valez pas l'amour d'une honnête fille.

— Tu crois ? Et ce monsieur de Saint-Pétersbourg, te vaut-il, lui ?

— Plus que toi.

— Tiens, tiens ! » Et Vérétieff ajouta avec un soupir ces vers d'une comédie : « Quelle corvée, bon Dieu, que d'être frère d'une fille à marier ! »

« En vérité ! je te donne beaucoup de besogne ! C'est toi plutôt qui m'en donnes.

— Je ne m'en serais jamais douté.

— Ce n'est pas à propos de Macha que je te le dis.

— À propos de quoi donc ? »

Le visage de Nadejda prit une expression triste. « Tu le sais bien toi-même, dit-elle en baissant la voix.

— Ah ! je comprends. J'aime à boire avec des amis, Nadejda Alexeïevna ; j'en fais mon *mea culpa*, je l'aime fort.

— Finis, frère, je t'en prie. Il n'y a pas là de quoi plaisanter.

— Tam, tam, pum, pum ! marmotta Vérétieff entre ses dents.

— C'est ta perte, c'est ta ruine, et tu plaisantes !

— Le paysan sème du blé, sa femme dit que ce sont des pavots », entonna Vérétieff à pleine voix ; et il frappa des rênes le dos de son cheval, qui partit au galop.

III

De retour à la maison, Vérétieff ne se déshabilla point ; et deux heures plus tard, quand l'aurore commençait à poindre, il sortit furtivement de chez lui.

À mi-chemin entre sa propriété et Ipatovka, sur les bords d'un ravin profond et escarpé, existait un petit bois de bouleaux. Les jeunes arbres poussaient très serrés ; aucune hache n'avait encore touché leurs tiges élégantes. Une ombre, sinon épaisse, au moins continue, tombait de leurs petites feuilles sur l'herbe fine et douce, tout émaillée de coupes d'or, de clochettes d'argent et des croix rouges de l'œillet sauvage. Le soleil, qui venait de se lever, inondait le bois d'une lumière puissante et discrète ; les grosses gouttes de rosée s'allumaient çà et là d'un feu passager ; tout respirait la fraîcheur, la vie, et cette innocente solennité des premiers instants du matin, alors que tout est déjà si radieux et encore si tranquille. On n'entendait que les voix portées des alouettes planant sur les champs éloignés, et, dans le bois même, deux ou trois petits oiseaux essayaient de courtes modulations, et se taisaient ensuite comme pour écouter si l'essai leur avait réussi. Une odeur forte et salubre s'élevait de la terre humide, et l'air, pur et léger, l'embrasait de fraîches ondulations. C'était une splendide matinée d'été ; c'était le sourire du matin, pareil à celui d'un enfant qui s'éveille.

Non loin du ravin, dans une éclaircie du bois, Vérétieff était assis par terre sur un manteau ; Marie se tenait près de lui, appuyée contre un bouleau, et les mains derrière le dos, dans son attitude favorite.

Ils se taisaient tous deux. Marie regardait dans le lointain ; une écharpe blanche avait glissé de sa tête sur ses épaules ; un léger souffle de vent agitait ses cheveux relevés à la hâte. Vérétieff tenait la tête baissée, et frappait l'herbe d'une branche qu'il avait à la main.

« Eh bien ! fit-il enfin, vous êtes fâchée contre moi ? »

Marie ne répondit rien. « Macha, vous êtes fâchée », répéta-t-il en levant les yeux sur elle.

Marie lui jeta un rapide regard, et, rencontrant ses yeux, se détourna brusquement.

« Oui, dit-elle.

— Pourquoi ? » demanda Vérétieff en jetant la branche loin de lui.

Marie se tut de nouveau.

« Au reste, ajouta Vérétieff après un court silence, vous avez assurément le droit d'être fâchée contre moi. Vous devez me tenir non seulement pour un mauvais sujet, mais encore…

— Vous ne me comprenez pas, interrompit Marie ; si je suis fâchée contre vous, ce n'est pas à propos de moi.

— À propos de qui donc ?

— À propos de vous-même. »

Vérétieff sourit et haussa les épaules.

« Encore ! dit-il, encore cette même pensée qui vous poursuit : pourquoi ne fais-je rien, et n'essayé-je de rien faire ? Vous êtes, Macha, un être admirable ; vous prenez tant de souci des autres, et si peu de vous-même ! Pas le moindre égoïsme en vous ; sur l'honneur, il n'y a pas dans le monde entier une autre jeune fille comme vous. Le malheur est que je ne mérite pas décidément votre affection ; je le dis sérieusement.

— Tant pis ; vous vous connaissez, et ne faites rien. »

Vérétieff sourit de nouveau.

« Macha, tendez une de vos mains, et donnez-la-moi », dit-il avec une inflexion de voix caressante.

Marie fronça le sourcil.

« Donnez-moi votre belle, votre pure et honnête main, que j'y dépose un baiser respectueux et tendre, comme un écolier étourdi baise la main de son maître indulgent. »

Et Vérétieff, se levant, étendit ses bras vers Marie.

« Finissez, dit-elle ; vous ne faites que rire et plaisanter et vous plaisanterez de la vie entière.

— Tiens, c'est une nouvelle expression que vous employez là ; vous voulez dire que j'userai ma vie en plaisantant. Eh bien, vous, vous faites plus mal encore ; vous perdrez votre vie en *sérieusant*, je fais mon expression aussi. Vous me rappelez, Macha, une scène du *Don Juan* de Pouchkine. Avez-vous lu le *Don Juan* de Pouchkine ?

— Non.

— Ah ! j'oubliais que vous ne lisez rien. Il y a une scène… Des jeunes gens de Séville sont en visite chez une certaine Laura, qui les renvoie tous, et reste seule avec l'un d'eux nommé Carlos. Ils sortent ensemble sur le balcon ; la nuit est belle ; Laura l'admire, et voilà que Carlos se met à lui prouver qu'un temps viendra où elle sera vieille et délaissée. “Qu'importe ? répond Laura ; peut-être qu'en cet instant, à Paris, il fait froid et la pluie tombe ; tandis qu'ici

La nuit sent le citron et le laurier.”

À quoi bon se préoccuper de l'avenir ? « Jetez un regard autour de vous, Macha ; est-ce qu'ici tout n'est pas beau comme à Séville ? Regardez comme tout semble heureux de vivre, comme tout est jeune et souriant. Et nous, ne sommes-nous pas jeunes aussi ? » Et Vérétieff s'avança vers Marie. Elle ne recula point à son approche, mais ne se tourna point de son côté. « Souriez, Macha, continua-t-il, mais de votre bon sourire, et non de ce sourire amer qui vous est habituel. Voyons, levez vos yeux si fiers et si sévères. Eh bien, vous vous détournez ! tendez-moi du moins votre main.

— Ah ! Vérétieff, vous savez que je ne sais pas parler. Mais cette Laura, c'est une femme ; il est pardonnable à une femme de ne pas penser à l'avenir.

— Quand vous parlez, Macha, vous rougissez constamment de fierté et de pudeur : le sang monte à vos joues en flots rosés. J'aime beaucoup cela, c'est une beauté.

— Adieu, dit-elle, et elle releva son écharpe sur sa tête.

— Arrêtez, s'écria Vérétieff en la retenant. Voyons, que voulez-vous ? ordonnez. Vous plaît-il que je reprenne du service ? que je me fasse agronome ? Vous plaît-il que je publie des romances avec accompagnement de guitare ? que j'imprime une collection de poésies ? que je me livre à la peinture, à la sculpture, à la danse sur la corde ? Je ferai tout, tout ce que vous ordonnerez, pourvu que vous soyez contente de moi. Je vous le jure, Marie, je ferai tout. »

Marie le regarda fixement. « Ce sont des paroles, dit-elle ; et les actions ?... Vous prétendez m'obéir...

— Certainement, reprit-il.

— Et pourtant, combien de fois vous ai-je prié...

— De quoi donc ?

— De ne plus boire », dit-elle en baissant la voix.

Vérétieff partit d'un éclat de rire. « Vous aussi, Macha ! Déjà ma sœur ne me laisse sur ce sujet ni repos ni trêve. Mais d'abord, je ne suis pas un ivrogne ; et puis, savez-vous pourquoi j'aime à boire ? Regardez un peu cette hirondelle ; voyez-vous comme elle dispose hardiment de son corps mince et frêle ? comme elle le lance où il lui plaît ? Voyez-la ; elle s'élève, elle s'abaisse ; elle pousse un cri de joie. Eh bien, Macha, si je bois, c'est pour éprouver les sensations qu'elle éprouve, pour me jeter où je veux, pour m'élancer où le désir m'appelle.

— À quoi bon ? dit Marie.

— Comment ! à quoi bon ? Alors à quoi bon vivre ?

— Ne peut-on vivre sans vin ?

— Non ; toute notre génération est appauvrie, usée. Il n'y a qu'une seule chose qui produise le même effet que le vin, l'amour ; et c'est pour cela que je vous aime, Macha.

— Comme le vin ? Grand merci.

— Non, non, Macha, pas comme le vin ; je vous le prouverai quelque jour, quand nous serons mariés, et que nous irons voyager ensemble. Je pense dès à présent comment je vous mènerai devant une Vénus antique. Alors ce sera le cas de dire : "Se tient-elle, avec son grave regard, devant la Vénus de Milo ? Elles sont deux, et le marbre, en sa présence, paraît ressentir une insulte[1]." Qu'est-ce qui m'arrive aujourd'hui, que je parle toujours en vers ? c'est cette matinée qui agit sur moi. Quel air ! il enivre : à le respirer, on dirait du vin.

— Encore du vin ! murmura-t-elle.

— Eh bien, oui, je suis ivre. Comment ne le serais-je point, par une telle matinée, et vous seule avec moi ? Un grave regard ! oui, c'est bien cela. Et pourtant, je me souviens… j'ai vu rarement, mais enfin je les ai vus, ces beaux yeux sombres, noyés de tendresse. Comme ils sont beaux alors ! Ne détournez pas la tête, Macha ; riez au moins ; montrez-moi vos yeux gais, si vous ne daignez pas me les montrer tendres.

— Allez, Vérétieff, laissez-moi ; il est temps que je retourne à la maison.

— Mais je vous ferai rire ; vous verrez que je vous ferai rire. Voyez, un lièvre qui court.

— Où ? demanda Marie.

— Là, dans les avoines, derrière le ravin. Quelqu'un l'a mis sur pied ; les lièvres ne se promènent pas de si bonne heure. Voulez-vous que je le fasse arrêter ? »

Et Vérétieff poussa un sifflement prolongé. Le lièvre s'assit aussitôt, croisa ses pattes de devant sur sa poitrine, dressa les oreilles et flaira l'air en remuant les lèvres comme

1. Vers de Pouchkine, dans une pièce adressée à ***.

s'il eût mangé. Vérétieff s'accroupit sur-le-champ comme le lièvre, fronça le nez, remua les lèvres et flaira l'air comme lui. Le lièvre se frotta le museau, secoua ses pattes, coucha ses oreilles sur son cou et partit. Vérétieff se frotta comme lui les joues, et se secoua comme lui. Marie ne put tenir son sérieux, et éclata de rire.

« Bravo ! s'écria Vérétieff en bondissant. Bravo ! vous n'êtes pas une coquette. Si quelque dame du monde avait des dents comme les vôtres, elle ne ferait que rire du matin au soir. C'est précisément pour cela que je vous aime, Macha, parce que vous n'êtes pas une dame du monde ; parce que vous ne riez pas sans raison ; parce que vous ne portez pas de gants sur vos mains, que j'aime justement à baiser parce qu'elles sont hâlées, et qu'on y sent de la force et de la vie. Je vous aime parce que vous ne faites pas la savante, parce que vous êtes fière, silencieuse, que vous ne lisez pas de livres, que vous n'aimez pas les vers.

— Voulez-vous que je vous récite des vers ? dit Marie avec une expression marquée.

— Des vers ! s'écria Vérétieff.

— Ceux-là mêmes qu'a récités hier ce monsieur de Saint-Pétersbourg.

— Encore l'*Antchar !* Il est donc vrai que vous l'avez déclamé la nuit dans le jardin ? Cette poésie doit vous aller. Mais vous a-t-elle donc tellement plu ? Voyons, récitez-la. »

Marie hésitait. « Récitez-la, de grâce », dit-il en se plaçant devant elle et se croisant les bras.

Marie commença. Au premier vers, elle leva les yeux vers le ciel, craignant de rencontrer ceux de Vérétieff. Elle prononçait de sa voix douce et égale, qui ressemblait au son du violoncelle ; mais quand elle en fut au vers

Et la pauvre esclave mourut aux pieds du seigneur invincible,

sa voix frémit, ses sourcils hautains et immobiles s'élevèrent naïvement comme ceux d'une petite fille, et ses yeux s'arrêtèrent sur Vérétieff avec l'expression d'un dévouement infini.

Il se jeta soudain à ses pieds, et embrassa ses genoux. « C'est moi qui suis ton esclave, moi qui suis aux pieds de mon seigneur ; tu es mon seigneur, ma déesse ; tu es ma Junon aux yeux de génisse, ma Médée la magicienne… »

Marie voulut le repousser ; mais ses mains s'arrêtèrent sur la chevelure soyeuse de son amant. Un sourire ineffable entrouvrait ses lèvres, et sa tête tomba sur sa poitrine… Elle se redressa tout à coup, d'une force virile sépara les mains de Vérétieff qui la tenait embrassée, et relevant son écharpe sur sa tête, elle partit en courant.

« Macha ! Macha ! » s'écria Vérétieff.

Elle était déjà loin.

« Mais elle court elle-même comme un lièvre », pensa-t-il. Et lançant avec dépit sa casquette sur l'herbe foulée : « Brave fille, dit-il, et comme elle est forte ! »

IV

Gravila Stépanitch[1] Akiline, ce propriétaire chez qui se donnait le bal, était du nombre de ces seigneurs russes qui excitent l'étonnement de leurs voisins par le talent qu'ils ont de mener grande vie avec des ressources en apparence fort restreintes. Ne possédant que quatre cents âmes, il recevait toute la noblesse du gouvernement dans une vaste maison en briques, qu'il avait bâtie lui-même, avec des colonnes, une tour, et même un drapeau qu'on hissait sur cette tour pour annoncer la présence du maître. Il avait, chose assez étrange, hérité ce bien de son père, et dans un état fort misérable. Mais ce qui explique ce changement d'aspect, c'est qu'Akiline avait servi longtemps, bien longtemps, à Saint-Pétersbourg, et dans des emplois à larges manches. Enfin, un beau jour, il revint se fixer dans son pays natal, avec une femme et trois filles, possesseur d'un rang fort modeste dans le *tchin*, mais possesseur aussi d'une somme assez ronde ; ce qu'il fit bientôt voir par les améliorations qu'il introduisit, l'orchestre qu'il organisa dans sa maison, et les dîners qu'il donna. Dans les premiers temps, tous ses voisins prédisaient sa ruine immédiate ; on allait jusqu'à dire que son bien allait être vendu à l'encan. Mais les années se passèrent ; les bals,

1. Gabriel fils d'Étienne.

les dîners se suivirent, et le bien ne se vendit pas. De nouvelles constructions poussaient de tous côtés comme des champignons, et Mr Akiline lui-même ne faisait que s'arrondir. Alors les caquets des voisins prirent une autre direction. « Si du moins c'était un bon agronome ! disaient-ils. Mais non ; il a certainement trouvé un trésor. » Un trésor ! pourtant l'explication de sa fortune était bien plus simple. Mais les explications simples ne nous viennent guère à l'esprit, en Russie.

Quoi qu'il en fût, tout le monde allait avec empressement chez Mr Akiline. Il recevait ses visiteurs avec beaucoup d'affabilité, et tenait aux cartes le jeu qu'on voulait. C'était un petit homme grisonnant, avec une tête pointue, le visage jaune et de petits yeux jaunes aussi. Il était toujours frais rasé et parfumé d'eau de Cologne. Les jours ordinaires et les jours de fête, il portait un frac bleu, très propre, boutonné jusqu'en haut, du linge blanc et une large cravate dans laquelle il aimait à cacher son menton. Il prenait du tabac avec délicatesse, avait un sourire pour tout ce qu'on lui disait, et parlait d'une voix mielleuse, avec une humble politesse. Du reste, il ne brillait point par la repartie, et n'avait pas l'air d'un homme d'esprit, bien que, de temps à autre, la ruse perçât involontairement dans son regard. En un mot, il avait ce qu'on appelle le physique de l'emploi. Ses deux filles aînées s'étaient mariées avantageusement, et la cadette lui restait encore dans la maison. C'était, ainsi que sa mère, une personne timide, qui n'osait jamais ouvrir la bouche.

Astakoff se rendit chez Ipatoff à sept heures du soir, en frac et en gants blancs. Il trouva tout le monde prêt à partir. Les deux petites se tenaient immobiles, de crainte de froisser leurs robes blanches empesées. Marie avait une robe de couleur rose foncé, qui seyait bien à son visage. À la vue du frac d'Astakoff, le bonhomme Ipatoff lui adressa un reproche amical en lui montrant sa propre redingote. Astakoff s'approcha de Marie et lui fit des compliments sur sa toilette. La beauté de cette fille l'attirait, bien qu'elle fût encore plus sauvage avec lui qu'avec tout autre. Il eût, à la vérité, préféré Nadejda, si le sans-gêne de ses manières ne l'avait un peu choqué. Dans les paroles, dans les regards et jusque dans les sourires de la sœur de Vérétieff, perçait une certaine raillerie, et c'est là ce qui inquiétait son âme de gentilhomme pétersbourgeois. Il n'était pas lui-même éloigné de se moquer d'autrui, surtout s'il pouvait le faire sans danger ; mais il lui était désagréable de penser qu'il pouvait être l'objet de la moquerie d'un autre.

Le bal avait déjà commencé, et l'orchestre champêtre hurlait et gémissait du haut des combles du salon, quand la famille et les amis d'Ipatoff firent leur entrée. L'amphitryon les reçut sur le seuil de la porte, et, après avoir remercié Astakoff de « lui procurer le sensible plaisir d'une agréable surprise », il conduisit Ipatoff aux tables de jeu. Mr Akiline n'avait pas reçu une éducation très soignée. Tout dans sa maison, l'orchestre, les meubles, les mets et le vin, tout était de seconde qualité ; mais tout était en abondance. Le maître du logis, d'ailleurs, ne faisait pas le fier, et c'est tout ce que demandaient les nombreux gentilshommes qui lui faisaient l'honneur de le fréquenter. À souper, l'on donnait du mauvais *caviar* coupé par tranches, mais personne ne s'opposait à ce qu'on le prît avec les doigts. Les meubles étaient durs, mais on s'emparait des nombreux coussins brodés par les mains de la maîtresse de maison, dont c'était l'occupation constante. Enfin l'on restait satisfait et sans gêne. En un mot, si Mr Akiline n'était pas nommé d'une commune voix maréchal de la noblesse, il ne fallait attribuer son éloignement de ce poste qu'à sa propre modestie ; il ne se présentait pas à l'élection.

On dansait une contredanse à dix couples. Les cavaliers étaient soit des officiers du régiment en garnison, soit des employés de la ville voisine. Tout allait comme de coutume au bal. Le maréchal de la noblesse en exercice, très respectable major en retraite, qui avait seulement le défaut de tourner à la mélancolie dès qu'il avait dîné, jouait à la table d'honneur avec un conseiller d'État actuel et un gros seigneur riche de trois mille âmes. Le conseiller d'État actuel portait un gros diamant au doigt, un ruban tout neuf de l'ordre de Saint-Stanislas au cou, et un magnifique collet de velours à son habit. Et pourtant il se tenait fort immobile et parlait discrètement, ce qui ne l'empêchait pas d'avoir la réputation du plus fort *brochet* de la province, tandis que le riche seigneur ne cessait de rire à tout propos et de jeter autour de lui des regards protecteurs. Le poète Bodriakoff, homme de manières gauches et d'apparence étrange, causait dans un coin avec le savant historien Efsukoff. Chacun d'eux se tenait à un bouton de l'habit de l'autre. À leur côté, un gentilhomme, serré dans son frac étriqué, émettait des opinions d'un hardi libéralisme, qu'un autre gentilhomme écoutait avec terreur et la bouche béante. Parmi ceux qui les entouraient, les jeunes gens avaient l'air embarrassé, et les vieillards, l'air hébété. De grosses mamans, avec leurs bonnets bariolés, faisaient tapisserie le long des murs ; enfin, je le répète, ce bal se passait comme tous les bals de province.

Nadejda était arrivée avant la famille d'Ipatoff. Astakoff l'aperçut qui dansait avec un jeune homme d'un extérieur agréable, aux yeux expressifs, aux fines moustaches noires. Celui-ci était élégamment vêtu, et une lourde chaîne d'or pendait sur son gilet. Nadejda avait une robe bleu de ciel, relevée de marguerites, et une couronne des mêmes fleurs ceignait sa tête bouclée. Elle jouait avec son éventail, elle souriait, elle se sentait la reine du bal. Astakoff s'approcha d'elle, et, après l'avoir poliment saluée, il lui demanda si elle n'avait pas oublié sa promesse de la veille.

« Quelle promesse ? demanda-t-elle.

— Vous dansez la mazurka avec moi !

— Certainement. »

Le jeune homme qui l'accompagnait rougit aussitôt.

« Vous aviez oublié probablement, mademoiselle, dit-il, que j'avais depuis plus longtemps votre promesse.

— Ah ! mon Dieu ! comment faire ? dit Nadejda troublée. Pardonnez-moi, monsieur Steltchinski, je suis si distraite… »

Steltchinski baissa les yeux avec dignité ; Astakoff se redressa d'autant.

« Soyez assez bon, monsieur Steltchinski ; nous sommes d'anciennes connaissances, et monsieur est étranger. Permettez-moi de danser avec lui.

— Comme il vous plaira, fit le jeune homme.

— Merci », dit Nadejda, en s'avançant à la rencontre de son vis-à-vis. La contredanse finit bientôt. Astakoff se promena quelque temps dans la salle de bal, puis il passa dans le salon, et s'arrêta près d'une table de jeu. Tout à coup il sentit une main se poser sur son épaule ; il se retourna ; c'était Steltchinski. « Je vous serais obligé de vouloir bien passer dans la pièce voisine pour échanger deux mots », dit celui-ci en français, et avec une prononciation qui n'était pas celle des Russes.

Astakoff le suivit dans l'embrasure d'une fenêtre.

« En présence d'une dame, continua l'autre dans la même langue, je n'ai pu répondre que comme je l'ai fait. Mais j'espère que vous ne vous imaginez pas que j'aie l'intention de vous céder mon droit à danser la mazurka avec mademoiselle Vérétieff.

— Comment l'entendez-vous ? dit Astakoff étonné.

— Comme j'ai l'honneur de vous le dire, reprit l'autre avec un calme affecté, tout en glissant sa main dans son gilet. Je n'ai pas cette intention, voilà tout. »

Astakoff aussi glissa sa main dans son gilet.

« Permettez-moi, monsieur, de vous faire observer que vous pouvez exposer, par là, mademoiselle Vérétieff à un désagrément, et je suppose…

— Cela me serait fort désagréable à moi-même. Vous n'avez qu'à vous dégager, dire que vous êtes malade, vous éloigner enfin…

— Je ne le ferai pas ; pour qui me prenez-vous ?

— Dans ce cas, je suis forcé de vous demander satisfaction.

— En quel sens employez-vous ce mot de satisfaction ?

— Le sens est connu.

— Vous m'appelez en duel ?

— Assurément, si vous ne refusez de danser la mazurka. »

Steltchinski se frisa la moustache d'un air dégagé. Pour Astakoff, le cœur lui bondit dans la poitrine.

« Ah ! bon Dieu ! quelle bêtise ! se dit-il intérieurement, en regardant son adversaire improvisé… Vous ne plaisantez pas ?

— La vie est une chose très précieuse, monsieur, reprit l'autre ; et je n'ai pas l'habitude de plaisanter, surtout avec les personnes qui me sont inconnues. Vous persistez à danser cette mazurka ?

— Je persiste, dit Astakoff.

— Très bien ; nous nous battrons demain. Mon témoin aura l'honneur de se présenter de bonne heure chez vous. »

Et, ayant poliment salué, Steltchinski s'éloigna, fort content de lui-même.

« Parbleu ! s'écria Astakoff, resté près de la fenêtre, c'était bien la peine de faire de nouvelles connaissances ! »

Cependant il fit un effort sur lui-même, et rentra dans le bal.

On dansait déjà la polka. Marie passa rapidement devant lui, au bras de Vérétieff. Elle paraissait rêveuse, presque triste. Puis apparut Nadejda, gaie et rayonnante, entraînée par un petit officier d'artillerie, tout pétillant d'ardeur. Elle revint au second tour avec Steltchinski, lequel secouait sa chevelure en désespéré.

« Eh bien ! petit père, fit entendre derrière Astakoff la voix d'Ipatoff, vous ne faites que regarder, vous ne dansez pas vous-même. Convenez que, si nous sommes au bout du monde, il ne fait pourtant pas mauvais chez nous.

— Au diable votre bout du monde ! » pensa Astakoff ; et, après avoir murmuré une réponse inintelligible, il alla se placer à l'autre bout de la salle. « Il faudra trouver un témoin, continua-t-il dans ses réflexions ; où diable le trouverai-je ? On ne peut pas prendre Vérétieff ; je ne connais personne autre. Le diable sait dans quelle stupide position je me suis fourré. » Quand Astakoff se fâchait, il invoquait volontiers le nom du diable. En ce moment, les yeux d'Astakoff tombèrent sur l'*Âme de poche*, qui se tenait tranquille et inactif près d'une fenêtre. « Serait-ce celui-là ? pensa-t-il. Ma foi, je n'ai pas le choix. » Et il se dirigea vers Bodriakoff.

« Il vient de m'arriver une aventure étrange, dit notre héros avec un sourire forcé. Imaginez-vous qu'un certain jeune homme inconnu vient de me provoquer en duel. Je ne puis m'y refuser. Il me faut un témoin ; voulez-vous l'être ? »

Bien que Bodriakoff se distinguât, comme nous le savons, par un flegme à toute épreuve, cependant, à une proposition si inattendue, il ouvrit la bouche toute grande, et resta comme pétrifié.

« Oui, répéta Astakoff, je vous en serai très reconnaissant. Je ne connais personne ici ; vous seul…

— Non, non, non, s'écria Bodriakoff, comme si on l'eût réveillé en sursaut ; non, non, je ne puis pas.

— Pourquoi donc ? Vous craignez du bruit, du désagrément ; mais j'espère que tout restera secret.

— Non, non, non, je ne puis pas », répétait cependant Bodriakoff, qui, toujours reculant, renversa une chaise.

C'était la première fois de sa vie qu'il répondait par un refus à une proposition quelconque, mais aussi quelle proposition était-ce !

« Au moins, continua Astakoff en l'attrapant par la main, faites-moi la grâce de ne parler à personne de ce que je vous ai dit.

— Non, non… c'est-à-dire, oui, oui, répondit Bodriakoff. Excusez-moi, je ne sais plus où j'en suis. »

Et il se perdit dans la foule.

« Je dirai demain à ce monsieur, se dit Astakoff, que je n'ai pas pu trouver de témoin. Je suis étranger, qu'il s'en tire comme il pourra, et que le diable les emporte. »

Cependant le bal continuait.

Astakoff aurait bien voulu partir sur-le-champ, mais pas moyen de s'en aller avant la mazurka. Il ne pouvait permettre que son adversaire triomphât. Pour le malheur d'Astakoff, les danses étaient conduites par un jeune homme à l'immense chevelure et à l'étroite poitrine, sur laquelle se déployait en cascade une large cravate en soie noire, traversée par une grosse épingle en or. Il avait dans toute la province la réputation d'un gentilhomme qui a pénétré jusqu'en leurs dernières profondeurs les us et coutumes du grand monde, bien qu'il n'eût habité Saint-Pétersbourg que six mois, et qu'il n'y eût été reçu que chez deux simples assesseurs de collège, grecs d'origine et enrichis dans le commerce des blés. C'est lui qui menait les danses dans tous les bals du gouvernement de Toula ; qui donnait le signal aux musiciens en frappant dans ses mains ; qui, au milieu des éclats de la trompette et des grincements du violon, criait en voix de fausset : « En avant deux ! » ou : « Grande chaîne, » ou : « À vous, mademoiselle ! » ; qui volait incessamment à travers la salle, pâle et inondé de sueur. Il ne commençait jamais la mazurka avant minuit ; encore était-ce une grâce. « À Saint-Pétersbourg, disait-il, je vous tiendrais sur pied jusqu'à deux heures du matin. » Ce bal parut bien long à Astakoff ; il errait comme une ombre, du salon à la salle de bal, en échangeant de temps à autre de froids regards avec son adversaire, qui ne laissait passer aucune danse sans s'y mêler, et en répondant des mots entrecoupés à son hôte empressé, qui semblait attristé de l'ennui qu'il lisait sur le visage de son visiteur. Enfin la mazurka tant désirée retentit. Astakoff alla trouver sa dame, apporta deux chaises, et alla se placer avec elle dans les derniers couples, presque en face de Steltchinski.

« Vous paraissez vous ennuyer, monsieur Astakoff, fit Nadejda en se tournant vers son cavalier, pendant que le jeune directeur des danses ouvrait la mazurka en traînant sa dame après lui, et en frappant du talon comme un poulain échappé.

— Moi ! dit Astakoff, point du tout ; qui vous le fait penser ?

— L'expression de votre visage. Je vous ai observé ; depuis votre arrivée, vous n'avez pas souri une seule fois. Vous, messieurs les hommes positifs, vous ne devriez pas prendre des airs de Byron. Laissez cela aux écrivains.

— Je remarque, Nadejda Alexeïevna, que vous me donnez souvent le titre d'homme positif, comme par moquerie ; vous me tenez pour un être froid et raisonnable, incapable d'aucun élan ; mais je puis vous assurer que ces hommes positifs ont souvent dans le cœur de profonds mystères qu'ils dédaignent d'étaler devant les indifférents, et qu'ils préfèrent garder le silence de la dignité.

— Que voulez-vous dire ?

— Rien ; vous le saurez peut-être plus tard. »

En ce moment, la fille du maître de la maison s'approcha de Nadejda, tenant par la main Steltchinski et un autre cavalier qui portait des lunettes bleues.

« La vie ou la mort ! demanda-t-elle en français.

— La vie ! s'écria Nadejda ; je ne veux rien avoir à faire avec la mort. »

Steltchinski s'inclina. C'était lui qui avait choisi ces deux noms et qui se désignait par celui de la vie. Nadejda partit avec lui pour faire un tour de mazurka, tandis que la mort, en lunette bleues, les suivait en sautillant avec Mlle Akiline.

« Dites-moi, je vous prie, quel est ce monsieur Steltchinski ? demanda Astakoff à Nadejda, quand elle revint s'asseoir à son côté.

— Il est attaché au gouverneur. C'est un charmant jeune homme ; pas russe, comme vous avez pu le remarquer, et un peu fat : ils ont cela dans le sang[1]. J'espère que vous n'avez pas eu de démêlés avec lui à propos de cette mazurka ?

— Oh ! non, dit Astakoff, après un moment d'hésitation.

— Je suis si oublieuse !

— Mais je ne saurais m'en plaindre, puisque autrement je n'aurais pas eu le plaisir de danser avec vous.

— Est-il donc vrai que vous ayez du plaisir à danser avec moi ? »

Astakoff lui répondit par un compliment. Peu à peu, il se lança. La pensée du duel qu'il devait avoir le lendemain, en irritant ses nerfs, donnait un certain éclat à ses paroles, et le poussait à des exagérations de sentiment qu'il ne se serait jamais permises de sang-froid. D'ailleurs Nadejda était si jolie, avec ses œillades en dessous et ses sourires équivoques dont on ne pouvait saisir le sens précis ! Les regards d'Astakoff prirent une expression voilée et mélancolique ; ses paroles se parsemèrent d'allusions pleines d'une tristesse élégante ; il finit par s'épancher sur le compte des femmes, des amours, de son avenir, de la façon de comprendre le bonheur… À la veille d'une mort possible, Astakoff se décidait à une coquetterie allégorique avec Nadejda. Elle écoutait attentivement, en hochant la tête, en feignant la surprise, en glissant quelques objections timides ; souvent interrompue par le retour des danseurs, la conversation commençait à prendre une tournure très intime. Astakoff interrogeait Nadejda sur ses propres sentiments, sur ses sympathies. Elle répondait comme une rieuse, lorsque tout à coup, à la grande surprise d'Astakoff, et au milieu d'un regard mourant qu'il lui adressait, elle lui dit brusquement :

« Quand partez-vous ?

— Comment ? fit l'autre abasourdi.

1. Les Polonais.

— Je vous demande quand vous retournez chez vous ?

— À Sassovo ?

— Non, non, chez vous, dans cette autre campagne où vous demeurez, à cent verstes d'ici.

— Je voudrais bien y retourner sans trop de retard, dit-il en reprenant sa physionomie compassée. Et je pense partir demain… si je suis en vie. C'est que j'ai tant d'affaires ! Mais pourquoi l'idée de m'adresser cette question vous est-elle venue ?

— Je ne sais.

— Cependant…

— Je suis étonnée de la curiosité d'un homme qui part demain, et qui m'interroge aujourd'hui sur mon caractère.

— Mais permettez…

— Lisez cela », dit en riant Nadejda ; et elle lui tendit la devise d'un bonbon qu'elle venait de prendre sur une table voisine. Puis elle se leva pour aller à la rencontre de Marie, qui venait la chercher avec une autre dame pour une figure de la danse. Astakoff jeta les yeux sur le papier, où se lisait imprimé en mauvais caractères français : *Qui me néglige me perd.*

Quand il releva la tête, il rencontra le regard de Steltchinski, fixé sur lui avec une colère concentrée. Astakoff s'appuya sur le dos de son fauteuil en affectant de sourire. Le petit officier d'artillerie ramena Nadejda devant sa chaise, tourna avec elle, fit sonner ses éperons, et se retira. Nadejda s'assit.

« Permettez-moi de vous demander, fit Astakoff, comment il faut que je comprenne ce que vous venez de me laisser ?

— Ah ! cette devise, dit Nadejda avec indifférence : *Qui me néglige me perd.* Eh bien ! c'est une excellente maxime, qui peut être fort utile. On ne doit rien négliger dans la vie. Il faut vouloir beaucoup pour obtenir un peu. Mais je suis folle de vouloir donner des conseils à un homme pratique de votre force. »

Nadejda partit d'un éclat de rire, et ce fut vainement que, jusqu'à la fin de la mazurka, Astakoff voulut essayer de renouer la conversation. Il parlait sentiment, elle répondait robes. Au moment de le quitter, elle lui répéta ironiquement :

« Vous partez demain ? Alors je vous souhaite un heureux voyage. »

Et Nadejda courut vers son frère pour lui dire :

« Tu me dois de la reconnaissance, j'espère ; sans moi, ce serait elle qu'il eût engagée pour la mazurka. »

Vérétieff haussa les épaules.

« Tu as beau faire, dit-il ; il n'en sortira rien. »

Cependant Astakoff s'était rapidement glissé dans l'antichambre, et déjà il mettait son paletot, lorsqu'un laquais vint lui dire que son cocher s'était grisé de telle sorte qu'on ne pouvait l'éveiller, et qu'il lui serait impossible de quitter la maison. Après avoir énergiquement exprimé son déplaisir, Astakoff rentra dans la maison, et pria l'intendant de le mener dans la chambre qui lui était destinée, sans attendre le souper. Une demi-heure plus tard, il était établi, tant bien que mal, sous la couverture d'un lit étroit, et tâchait de s'endormir.

Mais le sommeil ne venait point. La figure de Steltchinski se dressait incessamment devant lui. « Le voilà qui vise. Astakoff est tué, disait une voix… Se battre avec des dispositions pacifiques, avec des pensées de mariage avantageux ! » Et il refermait avec dépit ses yeux qui s'étaient largement ouverts, et enfonçait sa tête dans les oreillers ; mais le sommeil ne venait point. L'aurore s'allumait déjà dans le ciel ; accablé par la fièvre d'insomnie, Astakoff venait de tomber dans une espèce de somnolence, lorsqu'il sentit tout à coup un poids sur ses pieds. Il ouvrit les yeux ; au pied de son lit était assis Vérétieff. L'étonnement d'Astakoff fut au comble, lorsqu'il aperçut l'accoutrement de Vérétieff. Il était sans redingote ; sa poitrine nue se montrait à travers une chemise débraillée ;

ses cheveux en désordre lui tombaient sur les sourcils, et son visage avait changé d'expression.

« Oserais-je vous demander… fit Astakoff en se soulevant dans son lit.

— Je suis venu, dit Vérétieff d'une voix enrouée, dans un costume un peu… Nous avons bu là-bas. J'ai voulu vous tranquilliser. Je me suis dit : "Il y a là un gentilhomme qui n'a pas le sommeil calme." Eh bien ! vous pouvez dormir, vous ne vous battrez pas demain.

— Que me dites-vous là ? murmura Astakoff de plus en plus stupéfait.

— Oui, tout est arrangé. Ce monsieur des bords de la Vistule, il s'excuse. Vous recevrez demain une lettre. Tout est fini ; ronflez. »

Vérétieff se leva, et s'avança d'un pas incertain vers la porte.

« Permettez, permettez, s'écria Astakoff. Comment savez-vous… et comment puis-je vous croire ?

— Ah ! vous pensez, parce que je suis… dans les vignes… Mais je vous le dis, il vous enverra demain une lettre. Vous ne m'inspirez pas beaucoup de sympathie, monsieur ; mais je suis en veine de générosité. Avouez pourtant que vous avez eu un peu peur.

— Mais, monsieur… reprit Astakoff qui commençait à se fâcher.

— C'est bon, c'est bon, interrompit Vérétieff. Ne vous échauffez pas. Voyez-vous, chez nous, en province, il n'y a point de bal qui se passe sans duel. Cela n'a jamais de mauvaises suites ; mais cela donne occasion de vexer un nouveau venu. *In vivo veritas*. Mais vous ne savez pas le latin, ni moi non plus. Je vois sur votre physionomie que vous désirez dormir ; je vous souhaite bonne nuit, monsieur l'homme positif, grand employé futur. Acceptez ce dernier souhait d'un homme qui, soit dit en toute sincérité, ne vaut pas la monnaie d'un sou, surtout aujourd'hui. »

Cela dit, Vérétieff s'éloigna en trébuchant.

« Le diable sait ce que c'est ! s'écria Astakoff en frappant du poing ses oreillers. C'est impardonnable. J'éclaircirai tout cela. »

Et, cinq minutes après, il dormait profondément. Il n'est pas de plus souverain baume que le sentiment du péril passé.

Voici ce qui avait amené la conversation nocturne entre Astakoff et Vérétieff.

Dans la maison de Mr Akiline, un de ses neveux habitait une petite chambre de garçon. Pendant les bals, les jeunes gens profitaient de l'intervalle des danses pour y venir fumer en toute hâte une pipe de *joukoff* [1]. C'était encore chez lui qu'on se rassemblait après souper pour vider quelques bouteilles. Ce soir-là, il y vint beaucoup de monde. Steltchinski et Vérétieff étaient au nombre des convives ; l'*Âme de poche* s'y traîna derrière les autres. Bodriakoff avait promis à Astakoff de ne point répéter leur conversation ; et probablement il eût tenu parole, si Vérétieff n'avait eu l'idée de lui demander ce qu'il avait dit avec ce fat (il n'appelait pas autrement le *gentleman* de Saint-Pétersbourg). Bodriakoff raconta tout. Vérétieff se mit à rire, puis il devint pensif.

« Tu ne sais pas avec qui le combat ? demanda-t-il.

— Non, fit l'autre ; il ne me l'a pas dit.

— Sais-tu du moins avec qui il a parlé ?

— Avec Yégor Kapitonitch. »

Vérétieff pirouetta sur ses talons.

On fit une *jonka* [2], et l'on se mit à boire. Vérétieff fut acclamé président. Gai, spirituel, vrai boute-en-train, il tenait le haut bout dans toutes les réunions de jeunes gens. Il jeta bas sa redingote, se fit un siège d'une pile des *Lois de l'Empire*, prit une guitare et se mit à chanter. Les têtes s'enflammèrent au son de cette voix hardie, qu'animèrent

1. Nom d'un fabricant de tabac commun.
2. Bol de rhum chaud, mêlé de sucre et de fruits, où l'on verse du vin de Champagne.

encore les premières rasades. On porta des toasts. Et quels toasts ! Ce n'est pas pour rien que le proverbe russe dit : « À l'homme ivre, la mer elle-même ne monte qu'au genou. » Steltchinski, rouge comme un coquelicot, s'élança sur la table, et, levant son verre par-dessus sa tête, il s'écria :

« À la santé… je ne dirai pas à la santé de qui. » Puis, vidant son verre, il le brisa sur le plancher. « Que l'ennemi, dit-il, soit brisé en menus éclats comme ce cristal ! »

Vérétieff, chez lequel, en bon Russe, le don d'observation ne se perdait pas au milieu des fumées du vin, et qui, depuis quelque temps, ne quittait pas Steltchinski du regard, releva la tête.

« Steltchinski, dit-il, descends d'abord de la table ; c'est indécent, et tes bottes sont sales. Et puis, viens ici que je te dise quelque chose. Écoute, frère, je sais que tu dois te battre demain avec ce *gentleman* de la capitale.

— Comment ! qui te l'a dit ?

— Je l'ai deviné, et je sais aussi fort bien pour qui tu te bats.

— Par exemple… ce serait curieux à savoir.

— Ah ! Talleyrand, voyez-vous le Talleyrand ! C'est pour ma sœur. Allons, n'ébauche pas un sourire d'étonnement ; ça te donne l'air bête. Je sais qu'il y a longtemps que tu lui fais la cour.

— Tout cela ne prouve point…

— Finis, je te prie, et écoute ce que je vais te dire. Je ne permettrai ce duel à aucun prix ; toute cette sottise retomberait sur ma sœur. Aussi longtemps que je serai en vie, je ne le permettrai pas. Toi et moi… notre compte sera bientôt fait ; et ce sera justice. Mais elle, je veux qu'elle vive longtemps et heureuse. Oui, ajouta-t-il avec une chaleur subite, je trahirai, j'abandonnerai tous les autres, même ceux qui ont pu se sacrifier pour un vaurien comme moi ; mais elle, je ne permettrai pas qu'on touche à un cheveu de sa tête. »

Steltchinski partit d'un éclat de rire forcé.

« Tu es ivre, mon cher, et tu radotes.

— Ivre ou non, peu importe. Je maintiens ce que j'ai dit : tu ne te battras pas avec ce seigneur. Et sur quoi diable lui as-tu cherché noise ? Par jalousie, peut-être. On a bien raison de dire que tous les amoureux sont stupides. Mais si elle a dansé avec lui, c'était pour l'empêcher d'engager… mais ce n'est pas la question. Je le répète, ce duel ne se fera pas.

— Hum ! dit l'autre, je voudrais bien voir comment tu t'y prendras pour l'empêcher.

— Voici comment : si tu ne me donnes sur-le-champ ta parole de ne pas te battre, c'est avec moi que tu te battras.

— Vraiment ?

— Mon cher Magnat, n'en doutez pas un instant. Je vous insulterai devant tout le monde de la façon la plus fantastique, et puis nous nous battrons à la longueur d'un mouchoir. Et je pense que cela te serait désagréable pour beaucoup de raisons, eh ! »

Steltchinski s'emporta, protesta que c'était une intimidation, qu'il ne permettrait à personne de s'immiscer dans ses affaires, et finit par se soumettre. Il se résigna à ne pas attenter à la vie du *gentleman* de Saint-Pétersbourg. Vérétieff l'embrassa d'un air goguenard, et, une demi-heure après, ils buvaient ensemble, pour la dixième fois, le *Brüderschaft*[1]. Le jeune directeur des danses se mit à boire aussi le *Brüderschaft* avec eux. Il tint bon quelque temps, mais il finit par s'endormir sur le dos, de la façon la plus innocente.

Le lendemain, Astakoff retourna de très bonne heure à Sassovo ; il passa toute la matinée dans une grande agitation, faillit prendre un marchand qui venait acheter du blé pour le témoin de son adversaire, et ne respira librement qu'après avoir reçu la lettre tant désirée.

---

1. Manière de fraterniser des étudiants allemands.

« *La nuit porte conseil*, monsieur », disait en commençant Steltchinski. Et il finissait par déclarer qu'il se tenait à la disposition d'Astakoff, mais que lui-même ne demandait aucune réparation.

Ayant écrit sur-le-champ une réponse où il essayait de donner à sa dignité un air d'enjouement, Astakoff se mit à table en se frottant les mains, dîna de bon appétit, et, aussitôt après, partit pour sa résidence. Le chemin qu'il devait suivre passait à petite distance d'Ipatovka.

« Adieu, paisible retraite ! » dit-il avec un sourire railleur.

Les images de Marie et de Nadejda se présentèrent un moment à son imagination. Mais il secoua la main, et passa outre.

V

Trois mois avaient passé. L'automne était venu. Les bois se dépouillaient ; les mésanges commençaient à s'y fixer, et, pour indice plus certain de l'approche de l'hiver, le vent y faisait entendre ses longs gémissements. Mais il n'y avait pas encore eu de grandes pluies, et la boue n'avait pas rendu les routes impraticables. Profitant de cette circonstance, Astakoff partit pour le chef-lieu du gouvernement, où l'appelaient quelques affaires. Il passa la matinée en visite, et, le soir venu, se rendit au club de la Noblesse. Dans l'immense et sombre salon de ce club, il rencontra, entre autres personnes, un certain Mr Flitch, vieux capitaine en retraite, homme d'affaires, diseur de bons mots, joueur, et, comme on dit en France, grand faiseur de *cancans*.

« À propos, s'écria-t-il au milieu de la conversation, une dame de votre connaissance vient de passer par cette ville, et m'a chargé de vous saluer.

— Qui est-ce ?

— Madame Steltchinska.

— Je ne connais personne de ce nom.

— Vous l'avez connue demoiselle ; elle est née Vérétieff, Nadejda Alexeïevna. Son mari servait chez notre gouverneur. Vous avez dû le voir aussi : un petit freluquet avec des moustaches. Il a attrapé là une jolie figure et un joli magot.

— Tiens ! elle l'a donc épousé ? Où allait-elle ?

— À Saint-Pétersbourg. Elle m'a même dit de vous rappeler une certaine devise de bonbon. Qu'est-ce que cela veut dire ?

— Oh ! c'est une plaisanterie. Et son frère, comment va-t-il ?

— Piôtr ! mal, mal, » Et Mr Flitch leva au ciel ses petits yeux de renard, et soupira. « C'est un homme perdu. Il est retombé dans ses folies. On ne sait pas même ce qu'il est devenu. Le plus probable, c'est qu'il est parti à la suite de quelque bohémienne. Ce qui est sûr, c'est qu'il n'est plus dans le gouvernement.

— Et le vieil Ipatoff ? demeure-t-il toujours dans sa maison de campagne ?

— Ce petit original ? certainement. À propos, pourquoi n'épousez-vous pas sa belle-sœur ? Ce n'est pas une femme, en vérité, c'est un monument. On parlait déjà de vous à propos d'elle. »

En ce moment, quelqu'un vint proposer à Flitch une partie de cartes, et la conversation finit là.

Astakoff avait l'intention de retourner chez lui, lorsqu'un exprès, envoyé par le starosta de Sasaovo, vint lui donner la nouvelle que six maisons de ce village avaient été détruites par un incendie. Il se décida à s'y rendre sur-le-champ. D'ailleurs, de la ville à cette propriété, il n'y avait pas plus de soixante verstes. Astakoff arriva le lendemain soir dans la petite maison seigneuriale déjà connue du lecteur, et se rendit aussitôt sur le lieu de l'incendie ; une vieille femme l'avait allumé en passant une chandelle sous le ventre de sa vache pour la préserver du mauvais œil. Après avoir fait éclater sa colère sur le dos des coupables, Astakoff prit ses mesures pour la réparation du sinistre. Cela l'occupa jusqu'au dîner du lendemain. Alors il se décida, après quelque hésitation, à revoir Ipatovka. Il n'en aurait pas eu l'envie, si Flitch ne l'eût informé du départ de Nadejda : il craignait de la rencontrer, mais il n'était pas fâché de revoir Marie.

Comme à la première visite, Astakoff trouva Ipatoff jouant aux dames avec l'*Âme de poche*. Le vieillard lui témoigna la même joie de sa visite ; mais son visage était soucieux, et ses paroles n'offraient plus la même abondance et la même facilité d'élocution.

« Tous les vôtres se portent bien ? demanda Astakoff en prenant un siège.

— Bien, grâce à Dieu ; je vous remercie beaucoup. Marie seule n'est pas tout à fait… Elle se tient habituellement dans sa chambre.

— Elle aura pris un refroidissement ?

— Non, c'est plutôt… Mais elle va descendre pour le thé.

— Et que fait Yégor Kapitonitch ?

— Ah ! Yégor Kapitonitch est un homme enterré ; sa femme est morte.

— Matrona Markovna !

— Morte en un jour, du choléra. Vous ne pourriez plus le reconnaître. Il est si changé, si maigre ! “Sans Matrona Markovna, dit-il, la vie m'est un fardeau. Je vais mourir, dit-il, et j'en remercie Dieu, car je ne désire plus vivre”, dit-il. Oui, le pauvre homme est enterré.

— Pauvre Yégor Kapitonitch ! dit Astakoff.

— Nous sommes tous pauvres », ajouta l'*Âme de poche.*

Tous se turent.

« Votre voisine, à ce que j'ai ouï dire, s'est mariée, reprit Astakoff en rougissant légèrement.

— Oui, elle est mariée, et déjà partie.

— Pour Saint-Pétersbourg ?

— Pour la capitale de Saint-Pétersbourg.

— Marie Pavlovna doit la regretter beaucoup ? Elles semblaient si grandes amies.

— Certainement elle la regrette ; mais à propos de leur amitié, je vous dirai, monsieur, que l'amitié des jeunes filles est encore moins solide que celle des hommes. On s'aime tant qu'on se voit, et puis… te souviens-tu de mon nom ?

— Vraiment ?

— Comme j'ai l'honneur de vous le dire. Par exemple, Nadejda Alexeïevna, depuis qu'elle est partie, ne nous a pas écrit une seule petite lettre. Et pourtant, combien de fois l'avait-elle juré devant Dieu ?

— Y a-t-il longtemps qu'elle est partie ?

— Depuis plus de six semaines. Dès le lendemain de son mariage, elle est partie au galop, à la façon étrangère.

— On dit encore que son frère n'est plus ici ?

— Certainement, il n'est plus ici. Ce sont des gens de la capitale. Est-ce qu'ils resteraient longtemps à la campagne ?

— Et vous ignorez complètement où il est allé ?

— Je l'ignore.

— Il a fait comme le singe, dit Bodriakoff ; la noisette mangée, il a jeté la coquille.

— Justement, reprit Ipatoff, la noisette mangée, il a jeté la coquille. Et vous-même, Vladimir Sergeïtch, qu'avez-vous fait de bon tout ce temps-ci ? » ajouta le vieillard en s'efforçant de sourire.

Astakoff raconta quelques détails ; mais Ipatoff, dont la contenance trahissait une inquiétude inaccoutumée, l'interrompit tout à coup :

« Mais, bon Dieu, pourquoi donc Macha ne vient-elle point ? Ivan Illiitch, va la chercher. Dis-lui… tu sais… »

Bodriakoff sortit un moment de la chambre, et rentra en annonçant que Marie Pavlovna le suivait.

« A-t-elle toujours mal à la tête ? demanda le vieillard à voix basse.

— Oui », dit-il.

La porte s'ouvrit, et Marie parut. Astakoff se leva pour la saluer et resta immobile d'étonnement, tant elle avait changé depuis qu'il ne l'avait vue. La couleur avait disparu de ses joues maigries, un large cercle noir entourait ses yeux, et ses lèvres se serraient dans une étreinte amère. Tout son visage, morne et sombre, semblait pétrifié. Elle leva les yeux sur Astakoff ; ils n'avaient plus ni éclat ni regard.

« Comment te sens-tu ? lui demanda Ipatoff.

— Je suis très bien portante », répondit-elle en s'asseyant à la table sur laquelle était dressé le *samovar*.

La soirée fut pour Astakoff bien longue et peu gaie ; personne n'était en veine ; la conversation prenait à tout moment une tournure mélancolique.

« Entendez-vous ? dit Ipatoff en prêtant l'oreille aux gémissements du vent ; entendez-vous quelle note il nous chante ? Ah ! l'été a passé ; l'automne passe aussi, et voilà que l'hiver arrive. Nous serons bientôt enterrés sous la neige. Et Dieu veuille que ce soit bientôt ! Car maintenant, sort-on dans le jardin, c'est l'angoisse qui vous prend. Ce sont des ruines ; les branches des arbres s'entrechoquent comme des ossements. Ah ! les beaux jours sont passés.

— Ils sont passés », fit Bodriakoff.

Marie croisa les mains silencieusement, et regarda par la fenêtre.

« Mais Dieu est bon, reprit Ipatoff ; ils reviendront. »

Personne ne lui fit écho.

« Rappelez-vous, dit Astakoff, comme on chantait ici des chansons.

— Rappelez-vous, rappelez-vous, dit Ipatoff ; non, il vaut mieux ne pas se rappeler.

— Pourquoi ne chanteriez-vous pas encore ? continua Astakoff en s'adressant à Marie ; vous avez un si beau talent ! »

Elle ne lui répondit rien.

« Comment va Madame votre mère ? dit à Ipatoff Astakoff, qui ne savait plus comment entretenir la conversation.

— Tout doucement, grâce à Dieu, malgré toutes ses infirmités. Encore aujourd'hui elle s'est promenée dans sa petite calèche. Elle est, je pourrais dire, comme un arbre à demi cassé, qui se plaint au moindre souffle du vent. Et voyez : un autre arbre jeune et fort est là par terre, et l'arbre cassé toujours debout. C'est ainsi. Cependant sa vie n'est pas bien enviable ; le proverbe a bien raison : la vieillesse n'est pas le bonheur.

— Et la jeunesse ne donne pas le bonheur », ajouta Marie à demi-voix.

Astakoff avait eu le projet de retourner coucher chez lui ; mais la nuit devint si sombre, qu'il n'osa pas se risquer par cette obscurité dans les mauvaises routes. On le mena dans la même chambre où, trois mois auparavant, il avait passé une si mauvaise nuit, grâce au voisinage d'Yégor Kapitonitch. « Ronfle-t-il maintenant ? » se demanda Astakoff. Et il se rappela ses remontrances au domestique, puis l'apparition de Marie dans le jardin. Il s'approcha de la fenêtre, et appuya son front contre la froide vitre. Son propre visage sembla le regarder du dehors, ses yeux se perdirent dans un voile noir, et ce ne fut qu'après quelques instants qu'il put distinguer sur un ciel sans étoiles les branches d'arbres qui s'agitaient dans le vide, tourmentées sans relâche par le vent. Tout à coup Astakoff crut voir comme autrefois se glisser sur le sol une figure blanche. Il redoubla d'attention ; mais ne voyant plus rien, il haussa les épaules. « Ce que c'est que l'imagination ! » dit-il, et il se coucha.

Il s'endormit bien vite ; mais, cette fois encore, il était dit qu'il ne passerait pas une nuit tranquille. Un bruit confus qui s'élevait dans la maison le réveilla. Il souleva la tête. C'étaient des voix inarticulées, des exclamations, des pas précipités, des portes qui se fermaient avec violence. Voilà qu'un sanglot de femme se fit entendre. Des cris s'élevèrent dans le jardin ; d'autres, plus éloignés, leur répondirent. Dans la maison, l'agitation croissait et devenait plus bruyante. « C'est un incendie ! » Cette pensée traversa l'esprit d'Astakoff. Il eut peur, sauta de son lit, et courut vers la fenêtre. Aucun reflet de flamme ne se voyait ; mais dans le jardin, le long des allées, sous les arbres, se mouvaient de petites taches rouges. C'étaient des gens qui couraient avec des lanternes. Astakoff gagna la porte qu'il ouvrit rapidement, et donna contre Bodriakoff qui, pâle, échevelé et à demi vêtu, courait comme un insensé.

« Qu'est-ce ? qu'est-il arrivé ? s'écria Astakoff en le saisissant par le bras.

— Elle est perdue, elle est morte, elle s'est jetée à l'eau, répondit Bodriakoff d'une voix haletante.

— Qui est perdu ? qui s'est jeté à l'eau ?

— Marie Pavlovna. Qui pourrait-ce être ? Il l'a perdue, la pauvre enfant, le malheureux ! Au secours ! mes petits pères, courons vite, courons. » Et il se précipita le long de l'escalier. Astakoff parvint à se chausser, jeta un manteau sur ses épaules, et s'élança à sa suite.

Il ne trouva plus personne à la maison ; tous étaient sortis. Seules, à demi mortes de peur, les deux petites filles d'Ipatoff se tenaient dans le corridor, près de l'antichambre ; enveloppées de leurs jupons blancs, les mains croisées et les pieds nus, elles étaient accroupies auprès d'une chandelle posée par terre. Par le salon et au milieu des tables renversées, Astakoff sortit en courant sur la terrasse. On voyait à travers les branchages, dans la direction de la digue, se mouvoir des ombres et des feux. « Des crocs, des crocs ! » disait la voix d'Ipatoff. « Un filet ! un bateau ! » criaient d'autres voix. Astakoff courut dans la direction de ces cris. Il trouva Ipatoff sur le bord de l'étang. Une lanterne, accrochée à une branche de saule, éclairait vivement la tête grise du vieillard. Il se tordait les mains, et chancelait comme un homme ivre. Près de lui, une femme, étendue sur l'herbe le visage contre terre, sanglotait convulsivement. Bodriakoff était entré dans l'eau jusqu'à la ceinture, et tâtait le fond avec une perche. Un cocher ôtait ses habits de livrée, en tremblant de tous ses membres ; deux hommes traînaient une vieille barque le long du rivage ; on entendait le galop d'un cheval lancé ventre à terre dans la rue du village ; et le vent passait avec un sifflement sinistre, comme s'il eût voulu éteindre les lumières des lanternes, tandis que les vagues de l'étang clapotaient sourdement dans les ténèbres.

« Qu'ai-je entendu ? est-ce possible ? s'écria Astakoff en s'approchant de son hôte.

— Des crocs, des crocs ! disait le vieillard pour toute réponse.

— Non, non, vous vous trompez, reprit Astakoff.

— Ah ! que ne se trompe-t-il ! dit en sanglotant la femme couchée par terre, et qui était la servante de Marie ; moi-même, malheureuse que je suis, je l'ai entendue se jeter à l'eau, ma pauvre petite colombe ; je l'ai entendue se débattre dans l'eau et crier : *Sauvez-moi*… et encore une autre pauvre petite fois : *Sauvez*…

— Mais comment ne l'en as-tu pas empêchée, misérable ? dit Astakoff.

— Et comment l'empêcher, mon petit père ? Quand je me suis dit : "Où est-elle ?" elle n'était plus dans la chambre. Mais mon cœur devinait… Tous ces jours-ci, elle était si triste ! elle ne disait mot. Mais moi je savais tout, moi. Je me suis mise à courir droit au jardin, comme si quelqu'un m'en eût donné le bon conseil. Et tout à coup quelque chose tombe à l'eau. J'entends : *Sauvez-moi, sauvez*… Ô mes amis, mes pauvres amis !…

— Voilà donc, pensa Astakoff, ce qui m'a paru blanc dans l'ombre. »

Cependant des gens étaient accourus avec des crocs ; d'autres avaient apporté un filet et l'étendaient sur l'herbe. Une foule était réunie ; on se pressait, on se heurtait. Le cocher et le starosta prirent chacun un croc, se jetèrent dans la barque, la poussèrent au large et se mirent à sonder l'eau ; on les éclairait du rivage. Leurs mouvements et les mouvements de leurs ombres paraissaient étranges et terribles au-dessus de l'étang agité et à la lueur incertaine et rougeâtre des lanternes.

« J'accroche quelque chose », s'écria tout à coup le cocher.

Tous restèrent pétrifiés.

Le cocher tira sa perche en se courbant. On vit paraître un objet noirâtre et coudé. « Une racine ! » dit-il en arrachant son crochet.

« Reviens, reviens, lui cria-t-on du bord. On ne peut rien faire avec des crocs. Il faut prendre un filet.

— Oui, un filet, un filet, dirent les autres.

— Arrêtez, arrêtez ! cria le starosta. Moi aussi, j'ai accroché quelque chose… et quelque chose de mou », ajouta-t-il au bout d'un instant.

Une tache blanche parut près du bateau.

« La demoiselle ! cria le starosta ; c'est elle ! »

Il ne se trompait pas. Le crochet avait pris Marie par la manche de sa robe. Le cocher la saisit aussitôt, la sortit hors de l'eau, et en deux secousses poussa la barque près du bord. Ipatoff, Bodriakoff, tous se jetèrent à l'encontre, saisirent Marie, la portèrent en courant à la maison. Elle fut aussitôt couchée, déshabillée ; on la secoua en tous sens, on essaya de la réchauffer ; mais tout fut inutile. Marie ne revint plus à elle ; déjà la vie l'avait abandonnée.

Astakoff, le lendemain de bonne heure, quitta Ipatovka. Cependant, avant de partir, il alla, pour se conformer à l'usage, dire le dernier adieu au corps de la défunte. Elle était couchée sur la table du salon, vêtue d'une robe blanche. Son épaisse chevelure était encore humide ; son pâle visage, que la mort n'avait pas encore défiguré, exprimait une sorte de tristesse stupéfaite. Ses lèvres entrouvertes semblaient vouloir parler et demander quelque chose ; ses bras croisés serraient sa poitrine. Mais, quelles que fussent les pensées dans lesquelles était morte la pauvre fille, la mort avait déjà posé sur elle le cachet de son éternel silence et de sa morne résignation. Qui peut comprendre ce qu'exprime le visage d'un mort dans les courts moments où il reçoit encore les regards des vivants, avant d'aller se dissoudre dans la terre et disparaître à jamais ?

Astakoff se tint quelques minutes devant le corps de Marie, en se donnant l'air mélancolique exigé par la circonstance, fit trois fois le signe de la croix, et se retira sans avoir remarqué Bodriakoff, qui, agenouillé dans un coin et les mains sur les yeux, sanglotait comme un enfant.

Il n'était pas le seul à pleurer ce jour-là. Tous les domestiques de la maison pleuraient aussi ; Marie avait toujours été pour eux bonne et douce ; elle laissait après elle un bon souvenir.

Quelques jours après, voici ce qu'écrivait le vieux Ipatoff à une lettre enfin reçue de Nadejda :

« Une semaine avant la présente date, ma très chère dame Nadejda Alexeïvna, mon infortunée belle-sœur, votre amie, Marie Pavlovna, a volontairement mis fin à son existence en se jetant la nuit dans le lac, et nous avons déjà confié ses restes à la terre. Elle s'est décidée à cette triste et terrible action, sans me dire adieu, sans laisser même une lettre, un petit billet, pour y déclarer ses dernières volontés. Mais vous, Nadejda Alexeïevna, vous devez savoir mieux que personne sur quelle âme doit tomber un si grand et mortel péché. Que le Seigneur Dieu juge votre frère ! Ma belle-sœur ne pouvait ni cesser de l'aimer, ni supporter son abandon. »

Nadejda ne reçut cette lettre qu'en Italie, où elle était allée avec son mari le comte de Steltchinski, comme on le nommait dans tous les hôtels. Du reste, il ne fréquentait pas seulement les auberges de l'Italie ; on le voyait aussi fort souvent aux eaux, dans les salons de conversation. D'abord, il y perdait beaucoup d'argent ; puis, tout à coup, il cessa de perdre. Sa figure prit cette expression à demi soupçonneuse et à demi effrontée, particulière aux hommes qui doivent s'attendre à de méchantes aventures. Il voyait rarement sa femme, qui supportait facilement son absence. Une passion subite pour les arts s'était emparée d'elle, de sorte qu'elle aimait à disputer sur le beau avec de jeunes artistes. La lettre d'Ipatoff l'affligea profondément, sans l'empêcher toutefois d'aller, ce jour même, visiter la grotte des chiens, près de Naples, pour y voir comment ces pauvres animaux se débattent dans les vapeurs du soufre, et d'y aller en compagnie de Mr Popelina, Français, peintre manqué, qui chantait avec une petite voix de ténor grasseyant, portait des *saute-en-barque* bigarrés, et racontait sans beaucoup de gaze des anecdotes de la chronique scandaleuse.

VI

C'était par une journée de janvier, claire et glacée. Il y avait beaucoup de monde sur le Perspective-Newski à Saint-Pétersbourg. L'horloge de la tour de la *Douma*[1] venait de sonner trois heures. Sur les larges dalles sablées marchait, au milieu d'autres promeneurs, notre vieille connaissance Mr Astakoff. Depuis que nous nous sommes séparés de lui, il avait pris de l'embonpoint, sans pourtant vieillir. D'épais favoris encadraient son visage. Il s'avançait à travers la foule avec lenteur et gravité, jetant de temps à autre des regards dans la rue. Il attendait sa femme, qui devait arriver en voiture avec sa belle-mère. Depuis cinq années déjà Mr Astakoff était marié, et, comme il l'avait toujours désiré, sa femme était riche et avait de hautes relations. Tout en soulevant d'un air aimable son chapeau soigneusement brossé à la rencontre de ses nombreuses connaissances, Mr Astakoff continuait sa promenade avec cette démarche calme et assurée qui dénote un homme content de lui-même. Tout à coup, près du passage Stenbok, il faillit être heurté par un monsieur enveloppé d'un manteau à l'Almaviva et coiffé d'un bonnet de velours, dont le visage passablement flétri offrait des moustaches teintes sous des yeux gonflés et endormis.

1. Hôtel de ville.

Astakoff recula avec dignité. Alors le monsieur en bonnet, jetant son regard sur lui, s'écria : « Ah ! bonjour, monsieur Astakoff. » Celui-ci ne répondit rien, et s'arrêta stupéfait. Il ne pouvait comprendre qu'un homme coiffé d'un bonnet sur la Perspective-Newski pût connaître son nom.

« Vous ne me connaissez pas ? continua l'autre. Je vous ai vu, il y a huit ans de cela, dans le gouvernement de Toula, chez les Ipatoff. On me nomme Vérétieff.

— Mon Dieu, pardonnez-moi, dit Astakoff. Comme vous avez changé depuis ce temps !

— Oui, j'ai vieilli, reprit Vérétieff, en passant sur son visage une main non gantée. Pour vous, vous n'êtes pas changé. »

Ce n'est pas que Vérétieff eût beaucoup vieilli, mais tous ses traits s'étaient déformés ; une foule de petites rides sillonnaient tout son visage, et, quand il parlait, ses joues et ses lèvres s'agitaient en convulsion. Tout en lui dénotait que cet homme avait largement usé de la vie.

« Où vous étiez-vous égaré tout ce temps, qu'on ne vous a vu nulle part ? demanda Astakoff.

— J'ai erré par-ci par-là. Et vous, êtes-vous toujours resté dans la capitale ?

— La plupart du temps ; je suis au service, monsieur.

— Vous êtes marié ?

— Oui, et… » La figure d'Astakoff prit une expression sévère, comme s'il eût voulu dire à Vérétieff : « Ah ça, ne t'avise pas de me demander que je te présente à ma femme. »

Vérétieff parut le comprendre. Un sourire d'indifférence effleura ses lèvres. Astakoff fit un pas pour s'éloigner :

« Où est votre sœur ? demanda-t-il en se ravisant.

— Je ne puis vous le dire avec certitude, mais probablement à Moscou. Il y a longtemps que je n'ai reçu de ses nouvelles.

— Son mari vit encore ?

— Probablement.

— Et monsieur Ipatoff ?

— Je ne sais pas ; peut-être est-il en vie, peut-être est-il mort.

— Et ce monsieur si drôle, ce provincial, Bodriakoff ?

— Ah ! celui auquel vous avez demandé d'être votre témoin quand vous avez eu si peur ? Le diable sait ce qu'il est devenu. »

Astakoff crut devoir prendre un air encore plus majestueux : « Je me suis toujours rappelé avec plaisir, dit-il, ces soirées où j'eus… (il allait dire l'honneur, il se reprit) l'occasion de faire votre connaissance et celle de votre sœur. C'était une très agréable personne. Et vous, chantez-vous toujours aussi agréablement ?

— Non, j'ai perdu la voix. Ah ! c'était là un bon temps !

— J'ai, une fois encore, visité Ipatovka, ajouta Astakoff en élevant ses sourcils d'un air mélancolique, le jour même d'une bien terrible aventure.

— Oui, c'est affreux, c'est horrible, interrompit précipitamment Vérétieff ; oui, oui, je vois que vous vous souvenez…

— C'est-à-dire, il s'est écoulé un si long temps depuis ces aventures, que tout cela se représente à moi comme une espèce de rêve.

— Comme un rêve, répéta Vérétieff, dont les pâles joues rougirent ; non, pour moi ce ne fut pas un rêve. C'était le temps de la jeunesse, de la gaieté, du bonheur ; c'était le temps des espérances infinies et des forces indomptables. Si ce fut un rêve, il était bien beau. Mais que nous soyons tous deux devenus vieux, tristes, bêtes ; que nous teignions nos moustaches ; que nous nous traînions à flâner sur les trottoirs de la Perspective ; que nous ne soyons plus bons à rien, comme des chevaux fourbus ; que nous soyons usés, pelés, éreintés ; que, d'entre nous, les uns fassent les importants ridicules, tandis que les autres se vautrent dans la fainéantise, en noyant leurs chagrins par le gosier : voilà ce qui est un rêve, un rêve hideux, abominable. La vie est passée sans laisser de traces, platement, bêtement. Voilà ce qui est amer, voilà ce qu'il faudrait pouvoir chasser comme un rêve. Et puis, par-dessus tout, à travers tout, une apparition terrible, incessante… Adieu. »

Vérétieff s'éloigna rapidement ; mais, arrivé devant la porte d'un des principaux cafés de la Perspective, il s'arrêta, et tourna le bouton. Après avoir bu au buffet un verre d'eau-de-vie à l'orange amère, il traversa la salle du billard, assombrie d'un nuage de fumée, pour gagner un cabinet où l'attendaient plusieurs de ses habituels compagnons, le prince S., deux officiers de cavalerie et deux autres individus qu'on ne désignait que par leurs noms de baptême au diminutif. Ils étaient tous déjà d'un certain âge, quoique tous garçons. Les uns grisonnaient, les autres étaient chauves ; ils avaient tous le double menton ; et pourtant leur vie continuait à se passer dans les cafés. Ils s'obstinaient aussi à voir dans Vérétieff un homme extraordinaire, appelé à étonner le monde ; mais lui, qui avait plus d'esprit qu'eux, sentait bien sa complète et irrémédiable inutilité. Du reste, il faut le dire, même hors de son cercle d'amis, beaucoup de gens croyaient que, s'il n'avait pas lui-même ruiné sa vie, on n'eût pu prévoir tout ce qu'il serait devenu. Ces gens-là se trompaient : les Vérétieff ne deviennent jamais rien.

Ses amis le reçurent avec leurs exclamations ordinaires. Il les frappa d'abord par son aspect farouche et ses discours pleins de fiel. Mais de nouvelles bouteilles parurent sur la table, et tout reprit son train accoutumé. Pour Astakoff, dès que Vérétieff l'eut quitté, il se redressa de toute sa hauteur et fronça les sourcils. Cette rencontre inopinée l'avait froissé dans sa dignité de *gentleman* et d'employé supérieur. « Nous sommes devenus bêtes, nous buvons du vin, nous teignons nos moustaches ! *Parlez pour vous, mon cher*[1] », dit-il enfin presque à haute voix.

1. En français dans le texte.

Et après avoir exhalé ainsi l'indignation qui débordait, il allait continuer sa promenade.

« Qui parlait avec vous ? » dit tout à coup derrière lui une voix forte et assurée.

Astakoff se retourna, et reconnut une de ses hautes connaissances, Mr Pomponski. Ce Pomponski, homme de grande et grosse taille, occupait une place très importante, et, dès sa plus tendre jeunesse, n'avait jamais douté de lui-même.

« C'est une espèce d'original, je le connais à peine, murmura Astakoff en prenant Pomponski sous le bras.

— Mais permettez, Vladimir Sergéïtch, est-il permis à un homme qui se respecte de converser en pleine rue avec un homme coiffé d'un bonnet ? C'est indécent, et vous m'en voyez tout interdit. Où avez-vous pu faire la connaissance d'un pareil sujet ?

— À la campagne.

— À la campagne ! En ville on ne salue pas ses voisins de campagne. *Ce n'est pas comme il faut.* Un *gentleman*, combien de fois vous l'ai-je dit ? doit toujours se comporter *en gentleman*, s'il ne veut que…

— Voici ma femme, s'empressa de dire Astakoff en l'interrompant. Allons la retrouver. »

Et les deux *gentlemen* se dirigèrent vers une petite voiture basse, fort élégante, à la portière de laquelle se montrait le visage pâle et plein de hautaine irritabilité d'une femme encore jeune, mais déjà vieillie. Derrière elle se voyait une autre dame, dont le visage aussi paraissait constamment fâché. Astakoff ouvrit la portière, offrit le bras à sa femme, Pomponski présenta le sien à la belle-mère, et les deux couples mesurèrent la Perspective, suivis d'un chétif petit laquais porteur d'une livrée à l'anglaise, de longues guêtres et d'un chapeau orné d'une énorme cocarde.

IMPRIMÉ EN UNION EUROPÉENNE
le 06-11-2001
N° d'impression : 9827
001/01 – Dépôt légal, novembre 2001